TAKE
SHOBO

秘書室長の専属恋人

イケメン御曹司は初心な彼女にご執心です

水城のあ

ILLUSTRATION
yuiNa

JN043243

MITSU
YUME

CONTENTS

MITSU YUME

イラスト／yuiNa

秘書室長の専属恋人

イケメン御曹司は初心な彼女にご執心です

1　チャラ男のイケメン上司

人口密度の高いエスカレーターを避け、敢えて階段を早足で駆け上がった山口咲良《やまぐちさくら》は、駅の連絡通路から地上に出た途端目を刺した日差しに、わずかに眩暈《めまい》を覚えた。

もちろん眩暈は気のせいで、地下通路から地上に出たばかりで外の明るさに目が慣れていないだけだ。それに今日は新年度の始まりで、いつも以上に忙しくなるのだからこんなところで倒れている場合ではない。

深く息を吸い込んで気合いを入れ直すと、いつものように朝の街へ足を踏み出した。

スーツ姿の人波はぞろぞろといくつかの高層ビルへと向かい、その中に吸い込まれるように消えていく。

咲良が働く飯坂《いいざか》インターナショナル貿易は、現在横浜の〝みなとみらい〟という地区の高層ビルのフロアをいくつか借り切っているが、先日都内に新社屋が完成したばかりだった。

今後は横浜のオフィスも一部残すが、本社機能のほとんどは新社屋に移るので、この通勤ルートを使うのもあと数ヶ月となる。

創業当時から横浜港を起点に貿易商を営んでいたという経緯から本社が横浜にあったのだが、近年取り扱う商品も変わってきて航空便や取引先との兼ね合いもあり、本社機能を都心に移すことになった。

幸い咲良のマンションからだと現在のオフィスも新社屋も通勤時間は変わらないが、夏までは通常業務に加えオフィスの引っ越し作業も増えるので、より一層忙しない日々になることは間違いない。

咲良は秘書室に勤務しており、重役専属秘書の下でサポートをするサブのポジションだ。自社ビルを持つほどの企業となれば重役の人数も多く、それを世話する秘書もかなりの数になる。

重役ひとりにつき専属秘書がひとり、その他にサブの秘書がひとりかふたり交代で手伝うのが会社のスタイルだ。

秘書と言えば一部の人の幻想で憧れの眼差しで見られることもあるが、実際の咲良は二十六歳独身の普通の会社員で特筆すべきことなどひとつもない。ベテランの先輩秘書と笑顔の初々しい若手に挟まれ、自分の立ち位置を手探りしている毎日だ。

貿易会社なので英語が堪能なのはもちろんだが、同僚の中には帰国子女で中国語やフランス語も話せるのが当たり前のトリリンガルもいる。だから咲良は自分のような特別な才能のない人間は人一倍頑張らなければいけないと、いつも気を張っていた。

真面目過ぎると言われることもあるが、秘書という仕事に誇りと誠意を持って取り組んでいて、この気持ちは誰にも負けないつもりだ。そのおかげでスキルはないが先輩に信頼して仕事を任せてもらえている。しかし最近は中国との取引も増えているので、スキルアップのために中国語の勉強を始めた方がいいかもしれない。咲良はそんなことを考えながらオフィスフロアに通じるエレベーターの順番を待つ列に並んだ。

ここはたくさんの企業が入っているビルなので、朝の出勤時間はどうしてもエレベーターが混み合ってしまうのだ。

何気なく斜め前のスーツの男性の顔を見上げて、咲良は内心しまったと思いながら小さく息を呑《の》んだ。

男性は咲良の直属の上司、秘書室長の飯坂晃良《いいざかあきら》で、彼は社内で咲良が最も苦手とする男性だった。このまま同じエレベーターに乗り込んだら顔を合わせることになってしまう。

別に彼が嫌いというわけではない。普通に会話もするし、ビジネスの上では尊敬している仕事のできる上司だ。うまく言えないが、男性として苦手なのだ。

ネイビーのシャドーストライプのスーツに本革の黒いビジネスバッグを手にエレベーターの表示を見上げている横顔から、さっと視線をそらす。

幸い高層ビルのためエレベーターは何基もあるので、咲良はゆっくりと後ずさりし、何食わぬ顔をして別のエレベーターの列に移動した。

横目でさり気なく様子を窺《うかが》っていると、彼が並んでいたエレベーターの扉が開き、並んでいた人たちが箱の中に吸い込まれていく。

扉が閉まる瞬間彼がこちらを見たような気がしたが、すぐに自分の列も動き出したのでそれを確かめることはなかった。

飯坂インターナショナル貿易は創業が江戸末期という古い会社で、代々飯坂一族が経営に携わっている。

現会長兼社長、飯坂正嘉《まさよし》には三人の息子がおり、長男で専務取締役の俊哉《としや》は三十五歳で、一男一女の父親だ。三男雪斗《ゆきと》については他社で働いているので咲良は顔を見たことがないけれど、まだ二十代だが大変優秀な青年らしいと聞いている。

そしてもうひとりの息子が先ほどの次男晃良だ。

咲良が入社した年の四年前に秘書室長に任命され、当時二十八歳で目立った功績のない晃良が室長というのはさすがに若すぎるだの、親の七光りだのという中傷もあったそうだが、彼はすぐに仕事ぶりでその声を払拭してしまった。

それまで重役の都合で曖昧にされがちだった秘書たちの勤務時間やシフトの体制を見直し、サービス残業扱いになりがちな夜の会食同行の廃止などの改革を提案した。

重役たちから会食の送迎をしろとか、宴席には女性が必要だと文句が出たが、送迎が必要であればハイヤーを手配するし、女性にお酌をさせたいのなら自腹でコンパニオンを手配するようにと一蹴してしまった。

コンプライアンスがどうのとかハラスメント撲滅などと言っていても、秘書室にここまで大きな改革が入ったのは初めてで、晃良のおかげで秘書室の離職率も下がったそうだ。

だから晃良が室長になる前の時代を知っている先輩たちは、とにかく彼のことを尊敬し信頼している。

それに彼はコミュニケーション能力も高い。秘書室メンバーひとりひとりのクセや性格、好みなども把握していて、能力に合わせて仕事をバランス良く割り振っている。

咲良が入社したのはまさにその改革の年だったから話に聞くだけだが、社長の息子である彼にしかできない改革だったと思う。

彼は親の七光りを逆手にとって重役たちを押さえつけ、秘書室の体制を刷新してしまった。

こうして客観的な部分だけ見れば、晃良は部下が気持ちよく仕事ができるよう配慮してくれる素晴らしい上司に見える。

ではなにが苦手かと尋ねられると、漠然としすぎていて上手く説明できない。強いて言えば、彼がいい男すぎるというのが理由かもしれない。

専務の俊哉が爽やかな正統派の美男子だとすれば、晃良はちょっとワイルドというか、男臭いところのあるイケメンで、見つめられるとドキリとしてしまうような目力がある。

そしてなにより苦手なのは、彼が女性に対してとにかくまめなところだった。

「お！　その髪型、すごくかわいいじゃん」

「いいね。口紅の色変えただろ。すごく似合ってる」

「コーヒーありがとう。うまい」

そうやって女性が気づいて欲しいと思っているようなことや、ちょっと嬉《うれ》しくなるような一瞬ドキリとする言葉をさらりと挨拶のように口にする。

そういうとき咲良は、コーヒーを褒めるのは譲歩するとしても、髪型や口紅の色を褒めるのはセクハラだと思ってしまうのだ。身だしなみにも人一倍気を使う課で働いているのだから仕方ないと思う反面、男性にそこまで見られていると思うと恥ずかしくなる。

生真面目な咲良には彼が誰にでもそんなふうに接するところが、チャラチャラしているように思えてしまうのだ。

一度先輩にそのことを言ったら気にしすぎだと笑われてしまったので、それからは誰かにその不満を口にするのをやめ、自分の中だけで留めておくようになったが、そのせいもありさらに彼が苦手になった。

先日、受付の女の子が彼に告白しているところを見たと後輩が言っていたから、きっと秘書室以外の女性にも甘い言葉を囁《ささや》いていい気分にさせているに決まっている。

上司としては理想的かもしれないが、誰にでもいい顔を見せる男は信用できないというのが咲良の見解だ。一線を引いて付き合いたいのだが、人懐っこく話しかけられるとつい気を許してしまうので、できるだけ近づきたくない。

しかし最近は彼と接する機会が多くなってしまい悩んでいる。そして咲良の性格上、それを拒否することができず、それなら必要最低限のとき以外は近づかないように、オフィス以外の場所では彼をなるべく避けるようにしていた。

晃良に一足遅れてオフィスに行くと、彼はすでに自分のデスクに座りパソコンの画面を見つめていた。

「おはようございます」

咲良はオフィス全体に聞こえるように挨拶をして、サッと自分のデスクに納まった。

秘書室の仕事は多岐にわたっている。担当する重役の管理やメールのチェック、書類の作成や郵便物のチェックといった業務に関わることから、担当重役の出迎えや食事の手配、ときには家族のプレゼントを探すことまで、これで完璧と言い切れるゴールはない。

いかに相手の気持ちを察して気遣いができるか、先回りをして世話をするかが仕事なのに、それを気が利く女性だと勘違いされ、取引先からお見合いを持ちかけられることも少なくなかった。

紹介されるのは大抵は重役の息子とか将来有望なエリート社員とかで、結婚願望があるのなら最高の条件ばかりだが、仕事以外でそんな甲斐甲斐《かいがい》しい気働きを求めないで欲しいと咲良は思う。

そもそも仕事だからこうして世話をするが、咲良はどちらかというと男性には大切に囲われたいという願望がある。実はロマンス映画マニアで、家に帰るとサブスクの洋画を漁ったり、大好きな作品を繰り返し見るという地味な趣味があるのだ。

男性に尽くして欲しいわけではないが、外国のロマンス映画のようにロマンチックなシチュエーションで愛を囁かれ、甘やかされてみたい。

だからといって晃良のような軽い男は論外だ。映画の中の男性のように、ただひとり、自分だけを大切にしてくれる人に出会えることに憧れているのだから。

生真面目な性格の咲良にはまだそんな甘い出会いは訪れないが、いつか王子様がと夢をみるぐらいはいいだろう。

咲良がパソコンの電源を入れたところで鳴り響いたチャイムに促され、椅子から立ち上がった。

毎朝始業時間に揃《そろ》っているメンバーで簡単な朝礼を行うのだが、今日は新年度の始まりということもあり、いつもよりも空気がピリッとしているような気がする。

「おはようございます」

いつものように大きな窓を背にして立った晃良が、整列した咲良たちに向かって笑顔で声をかけた。

「今日から新年度ということで、いくつか変更事項があるので確認を頼む」

晃良の言葉に全員がサッとメモやタブレットを手にする。

各重役のスケジュールは秘書室全体で共有されている。各自担当の重役のスケジュールを専用サイトに書き込むことで、秘書室の人間ならＩＤさえあればパソコンやタブレット端末からいつでも確認できるので伝達ミスが少なくなった。それに飲み物の好みや家族の予定などの個人情報もデータとして入力されているので、担当秘書が体調不良で休んだときもこれを見ればほとんど引き継ぎなしで代わりを務めることもできる。

これも晃良が室長になって導入したもので、最近では同じようなシステムが営業部などでも導入されているそうだ。

朝礼や打ち合わせのメモの取り方はそれぞれに違っていて、咲良はタブレットに専用のペンシルで直に書き込むという方法をとっている。これだとメモのまま自分専用のスペースに保存し、携帯からでもすぐに見直すことができ便利だった。

「まず初めにみんなも知っていると思うけど、長く秘書室を引っぱってくれていた高垣《たかがき》がいよいよ来月末で結婚のため退職することになった。それによって一部配置替えを行うことになる。まずこれまで高垣が担当していた専務の専属担当を山口に頼むことにする」

突然名前を呼ばれて、咲良は驚きのあまり目を見開いた。

先輩である高垣の退社で配置替えがあるのは聞いていたが、なんの打診もなかったので誰か他の先輩が担当するものだと思っていた。内示もなく突然指名されるとは思っていなかった咲良にはまさに寝耳に水の発表だった。

それに専務といえば晃良の兄、飯坂家長男の俊哉のことで、将来間違いなく社長になる人だ。そんな重要な人の専属を自分のような若輩が務めるなんて荷が重すぎる。とっさに咲良の頭に浮かんだのはそれだった。

自分よりベテランの先輩もいるのに、それを差し置いて専務の担当になるなんて不満に思う人もいるだろう。咲良は思わず同僚の目を気にしてタブレットからわずかに視線をあげ、上目遣いで視線を彷徨《さまよ》わせた。

「配属に関してはメーリングリストでも確認できるようにしてあるから、各自見ておいてくれ。山口の下には引きつづき高垣のチームだった丸山《まるやま》と宇治原《うじはら》についてもらう。五月には新入社員が配属されてくるから、異動で空いた部分はその子たちが入ってきてから調整するつもりだ。それといよいよ新社屋の落成パーティーと引っ越しの時期も迫ってきた。パーティーは秘書室と広報課で仕切ることになっているから、詳細が決まったらまたみんなに協力をお願いすると思うので、よろしく頼む」

「よろしくお願いします」

咲良の不安をよそに、この大抜擢《だいばってき》に誰も異を唱えない。朝礼はあっさりと終了してしまったが、咲良は黙っていられなくて、秘書室を出て行こうとする晃良を追い掛けた。

「室長！　少しよろしいでしょうか」

振り返った晃良はわずかに眉を上げ、訝《いぶか》るように咲良を見た。

「どうした？」

「あの……伺いたいことが」

周りを気にして言いよどむ咲良に気づいた晃良は、秘書室の一角にあるミーティングルームに向かって顎をしゃくった。

「じゃあ、そっちで聞く」

「はい」

ミーティングルームと言ってもガラスのパーティションで区切られたスペースで、ブラインドをあげたままなら外も中もあまり様子は変わらない。

本格的な会議は別の会議室があるので、普段は各チームごとの打ち合わせや昼食をとったりするスペースとして利用されている。

「どうした？」

晃良は手近な椅子を引き出し腰を下ろすと、長い足を無造作に組んだ。

「あの……先ほどの私に専属を任せるというのは本当なんでしょうか？」

「ああ。冗談に聞こえたのか？　そうか今日は四月一日だからエイプリルフールを心配してるんだろ」

ふたりだからか、朝礼のときよりもわずかに砕けた口調で晃良が笑う。

しかし今日がエイプリルフールだと気づきもしなかった咲良にはその笑いの意味がわからない。

「いえ、専属となると今まで以上に覚悟や責任も必要ですから、あらかじめ打診があるのかと思っていたんです。ですから私で問題ないのか念のため確認した方がいいかと」

「打診？」

怪訝《けげん》な顔で首を傾げる晃良に、咲良は大きく頷《うなず》いて見せた。

「ええ。私がすぐに結婚する予定があるとか、転職を考えていることだってあるじゃないですか」

咲良の訴えに晃良は少し面食らったように目を見開く。それは予想していなかったという顔だ。

「……なに？　山口結婚するの？」

聞いてないけど。と言いたげな顔に咲良は生真面目に首を横に振る。

「いえ、その予定はありません」

「転職も？」

「はい。例えばの話ですよ」

しかつめらしい顔で頷くと、晃良はがくりと肩を落とした。

「なんだよ～。おまえの言い方じゃ今にも辞表出されるのかと思ったじゃん」

晃良があからさまにホッとしたように脱力したのを見て、咲良はやっと自分の言い方が誤解を生んだらしいことに気づいた。

「す、すみません。そういうつもりで言ったんじゃないんですけど」

恐縮する咲良の顔を見て、晃良はフッと唇を緩めた。

「いや、おまえなら喜んで引き受けてくれると思ったからさ。サプライズにした俺も悪かった。驚かせて申し訳ない」

目の前で上司に深々と頭を下げられ、咲良は慌てて両手を上げた。

「や、やめてください！　そんな大袈裟《おおげさ》にするつもりじゃ」

ガラス張りのパーティションの向こうでは、デスクに残っている同僚たちが何事かと様子を窺っている。

「本当に！　別に室長に謝ってもらいたかったわけじゃないですから」

その言葉にやっと晃良が顔を上げてくれ、咲良はホッと胸を撫《な》で下ろした。きっとあとでみんなになにがあったのかと根掘り葉掘り聞かれるに決まっている。

「じゃあ改めて聞くけど、専務の専属を山口に頼みたいと思ってるんだけどどうだ？」

切れ長で黒目がちな瞳が真っ直ぐに咲良を見据える。初めて話をするわけではないのに、今日は真っ直ぐな眼差しになぜかたじろいでしまう。晃良の真摯な眼差しは、咲良の心の中まで見透かしているような気がしたのだ。

本当はこんな大役に抜擢されて嬉しい反面不安で、つい晃良に声をかけてしまったという自信のなさに気づかれてしまったのかもしれない。

今さらだがこの人はこんな目をする人だったのだと気づき、自分はこれまで晃良のなにを見ていたのだろうと恥ずかしくなった。

「……先輩方を差し置いて私なんかが専務の担当をさせていただいていいんでしょうか」

突然の抜擢に声をあげたのは、重要な仕事を任される不安に加え、年功序列を乱してしまうのではないかという心配もあった。秘書室は実力主義というより、長年の経験がものを言う職場なのだ。

「それなら心配しなくていい。前任の高垣が山口を推薦したんだ。小さなことによく気づくし、仕事が丁寧だって」

「高垣先輩が……」

高垣には新入社員のときに一年ほど指導してもらったが、そのあとは別の先輩の下についたので日常的な会話はするが、最近は直接仕事で関わったことはない。

そもそも秘書の仕事は裏方で、担当の重役が快適に過ごせるようお世話するのが仕事だから、営業のように契約を取るとか、売り上げを伸ばすなど目に見えて結果を残すことはない。

だからこうして言葉で評価されることが純粋に嬉しくて、咲良の不安で強張っていた口許がほんの少しだけ綻んだ。

「それに山口より上の人間は他の重役の専属を務めているし、上手く機能しているのにわざわざ動かす必要はない。俺も山口の仕事ぶりなら申し分ないと思う。入社して四年なら専属を持っても問題ないだろ？　どうだ？」

上司にここまで言われて断る理由などない。咲良は深々と頭を下げた。

「お引き受けいたします。どうぞよろしくお願いします」

「そんなに堅苦しく考えなくていいって。いつも通りでいいからな」

咲良の改まった挨拶に晃良は苦笑しながら立ちあがる。晃良がミーティングルームを出て行くのを見送っていると、彼が扉の前でふと立ち止まり振り返った。

「表情が硬いんだよな、おまえ」

顔を顰《しか》めた晃良が、からかうように咲良の瞳を覗《のぞ》き込んだ。

「……っ」

突然近づいてきた整った顔に、咲良はドキリとして息を呑む。すると晃良は切れ長の目に甘い光を滲《にじ》ませて微笑んだ。

「山口は真面目すぎるから、少し肩の力抜いたぐらいが丁度いい」

晃良は誰にでもこれぐらいのことを言う。挨拶のようなものだとわかっているのに、不覚にも頭に血が上って頰がかあっと熱くなるのを感じた。

「な、なに言ってるんですか……」

きっとみんなこの不意打ちに騙《だま》されているのだ。わかっているのだから強く言い返せばいいのに、意志に反して緊張感のない弱々しい声しか出てこない。それ以上言葉を紡ぐことができず唇を引き結ぶ咲良に、晃良はお手本のように唇の端を吊《つ》り上げてみせる。

「だから表情が硬いって。ほら、笑顔」

「は、はい」

勢いに押されてぎこちなく笑みを浮かべると、晃良は満足げに頷いた。

「うん、山口は美人だから仕事中もそれぐらい笑っている方が、親しみがあっていいぞ」

いつもの晃良の軽口だ。そうわかっているのにドキリとして急に上手く呼吸ができなくなる。

「おまえしっかりしすぎてて隙がないんだよ。男は女の隙を狙ってるんだから」

「は……？」

――そういう冗談はセクハラだからやめてください。以前から何度も頭の中で繰り返していた言葉が出てこない。

真っ赤になった咲良を見て満足したのか、晃良がニヤリと口角を上げる。

「そうだ。今夜、時間あるか？」

「え、あ、はい」

晃良の問いに咲良は反射的に頷いた。

「じゃあ今夜久しぶりにデートしよう。いい店見つけたんだ。あとで携帯に店の場所送っておくから」

晃良はそれだけ言うとパッと身を翻しミーティングルームを出て行ってしまう。

しばらく呆気《あっけ》にとられてその後ろ姿を見送っていた咲良は、また今日も彼の誘いを断りそびれてしまったことに気づく。

「もう！　強引なんだから」

誰もいないからこそ恨み言を呟《つぶや》いて、咲良はミーティングルームの扉を睨《にら》みつけた。

「しかも言い方！」

今この場に同僚がいたらふたりの会話を恋人同士だと誤解したかもしれないが、まったくそういう関係ではない。

そもそも晃良が勝手にデートと呼んでいるだけで、実際にはたまに一緒に飲みに行くだけだ。しかも接待に利用する店の下見で、たまたま秘書室の懇親会で咲良がお酒に強いことと彼氏がいないことを知った晃良に頼まれたのだ。

貿易会社ということもあり、外国の取引先のＶＩＰが日本に来たときなど積極的にあちこち案内することになるのだが、和食の店とは別に東京で流行っている店やスポットに案内して欲しいというリクエストも多く、定期的にリサーチが必要だった。

当然招待をする前に下見が必要になり、気づくと咲良がその下見に付き合うようになっていた。

要するに彼氏がいないなら男とちょくちょく飲みに行っても文句を言うヤツはいないだろうという理由らしいが、晃良なら秘書室以外の女性でも声をかければいくらでも相手がいそうだ。

なぜ毎回咲良を誘うのかが謎だが、下手に晃良に好意を持つ女性を誘って誤解をさせたくないのかもしれない。

自席に戻った咲良は、ふと先ほどの晃良の言葉を思い出した。

美人だから云々《うんぬん》は皆にも言ういつものお世辞だが〝しっかりしすぎて隙がない〟というのはどういう意味だったのだろう。

仕事なのだから隙があったらミスに繋《つな》がるし隙など作っている暇などないというのに、だ。

「咲良ちゃん、難しい顔してるけど大丈夫？」

すぐそばで聞こえた声に、自分の考えに引きこもっていた咲良はハッと息を呑んで顔を上げた。

ファイルを抱えた高垣が立っていて、慌てて口角を笑みの形に引き上げる。

「す、すみません。引き継ぎですよね？」

「ええ。私が退社するのは来月末だから少しずつでいいんだけど、時間があるなら先に説明しておきたいことがあるの。いい？」

「もちろんです」

咲良は頷いてタブレットと手帳に手を伸ばし、再び高垣と共に先ほどのミーティングルームに落ち着いた。

「退社までは私も付くからわからないことがあったらなんでも聞いてね。専務はとてもお優しいし、うちのおじさん重役みたいに気難しくないから心配しなくて大丈夫よ」

「はい」

「じゃあまずこのファイルなんだけど」

高垣が見せてくれたのは、クラウド上で共有している個人情報とは別に、彼女自身が手書きでまとめてきた担当重役のより細かい日々の体調や好みについてのファイルだった。

例えばお弁当はどこの店のものを完食していたとか、手土産でいただいたどこそこのお菓子は好みではない様子だったなどのちょっとした食の好みや、体調を崩したときの薬や対応のことが一行日記のようにびっしりと並んでいる。

彼女は咲良が入社してきた年に専務の専属になったはずだから、丸四年の記録ということになる。

「すごい。これ、私が見せていただいてもいいんですか？」

高垣の四年の積み重ねを簡単に受け取ってしまうのは申し訳ない気がする。

「いいに決まってるじゃない。これからは咲良ちゃんが専務の担当なんだから」

「すごく細かい。やっぱり専属秘書って大変ですよね。私なんかでいいんでしょうか」

咲良が思わず不安を口にすると、高垣が励ますように言った。

「そんなに気負わないで。毎日気づいたことをちょっとずつメモしていたらこんなに増えちゃっただけなの。咲良ちゃんは咲良ちゃんのやり方でいいのよ。まあ観察日記みたいなものよね」

ふふふっと笑う高垣と〝観察日記〟という言葉に思わず噴き出してしまう。

「それじゃ専務が動物みたいじゃないですか」

「確かに」

ふたりでひとしきり笑って、咲良はふと先ほど晃良に言われたことを思い出した。

「あの、ありがとうございます。先輩が私を室長に推薦してくださったって」

「もしかして、さっきそのことをミーティングルームで話してたの？」

「えっ……ええ、まあ」

ついでに食事にも誘われたが、それも仕事のうちだ。

「咲良ちゃん真面目だから、自分に専属は早すぎるとか言ったんでしょ」

確かに似たようなことを言ったばかりなので、咲良は苦笑いを浮かべた。自分の態度はそんなにわかりやすかっただろうか。

再び晃良とのやりとりを思い出し、咲良は一番気になっていたことを口にした。

「先輩。私って隙がないですか？」

「なあに？　突然。あ！　もしかして、男の人に言われた？」

そう言うと高垣は興味深げな笑みを浮かべて咲良の顔を覗き込んだ。

「え……ど、どうしてわかるんですか？」

「そりゃわかるわよ。女性にそんなこと言うのは、その子に興味がある男性に決まってるもの」

「興味……そ、そんなんじゃありません!!」

咲良は慌てて首を横に振った。晃良は部下として咲良のことを見ているだけで、高垣の言うような色っぽい話ではないのだ。

「え～その反応絶対男の人でしょ？　咲良ちゃんしっかり者だから、俺の前では気を張らなくてもいいんだよって意味なんじゃないの。いい人そうじゃない。彼氏？」

問題の発言をしたのが晃良だとは思っていない高垣は、さらに詳しい話を聞き出そうとしているのか、興味津々の顔だ。

「ほ、本当にそういう人じゃないんですっ。仕事中に変な質問してすみませんでした！」

咲良が話を終わらせたがっていることに気づいた高垣は、苦笑を浮かべつつも話を仕事に戻してくれたが、きっと機会さえあれば同じ質問をされるだろう。咲良にはこれまで浮いた話などなかったから面白がっているのだ。

確かに子どもの頃からしっかり者だと褒められてきたが、それは褒め言葉である一方で、お堅い性格だと言われているのだとも知っていた。

大学では一応男性と交際したこともあるが、この真面目過ぎる性格が災いしてこれまで深い関係になるほどの付き合いになった相手はいない。

二十六にもなってろくな交際経験がないと言うと驚かれるが、大学生のときほど彼氏がいない自分に焦ることはなくなった。

学生の頃はとにかく周りの友達がくっついたり離れたりと活発だったので、自分も早く彼氏を作らなければと焦って好きでもない相手とデートをしたものだ。

でも社会人になった今は、あの頃のように気軽にデートに誘われることもない。正確には、入社して一、二年は物珍しさもあるのか社内の男性に食事に誘われることもあったけれど、相手や自分の年齢を考えるとなんの覚悟もなく誘いにはのれず断っていた。

それを繰り返しているうちに、いつの間にか男性社員の目は後輩へと移っていき、社内の男性からのお誘いは途切れてしまった。秘書室は元々若い男性との交流が少ないので、咲良のように男性に対して消極的だと驚くぐらい静かな生活になる。

今は仕事に集中したいのでそのこと自体は大歓迎だ。少し寂しいが男性の興味などそんなものなのだと割り切っているが、他の誰にもかけられたことのない晃良の言葉だけはいつまでも咲良の頭の隅に引っかかっていた。

2　食事会の秘密

晃良に連れて行かれたのは昨年末にオープンしたばかりの創作寿司の店で、店主は銀座の有名店からのれん分けをされているという、普通の会社員なら肩書きだけで躊躇《ちゅうちょ》してしまいそうな格のある店だ。

「どれがいい？　好きなもの頼め」

手渡されたメニューを前に、チラリと晃良の様子を窺《うかが》った。

寿司店だと時価と書かれていて値段がわからない店もあるが、ここは一応値段が表記されている。もちろん普通の会社員が気軽に入るような価格ではない。

晃良はいつも下見だからという理由でご馳走《ちそう》してくれているが、毎回きちんと経費として処理をしているのだろうか？　もしそうでないとしたら、晃良に奢《おご》られていることになってしまう。

思い出そうとしてもいつもスマートに会計を済ませてしまうから、晃良が領収書を受け取っていたのかも覚えていなかった。

すると逡巡《しゅんじゅん》している咲良に気づいたのか、晃良がさらりと言った。

「決められない？　じゃあ俺が適当に頼んでいい？　おまえは感想係な」

晃良はそう言ってメニューの中からいくつかを選んで店員に告げた。

「やっぱりとりあえずビールだよな」

すぐに高級な和食店ならではのプレミアム系の瓶ビールとグラスが運ばれてくる。

「室長、どうぞ」

ふたり差し向かいでグラスを合わせるなんて親しげに見えるが、これは仕事の一環だ。

「お疲れ」

「お疲れさまです」

カチンとグラスの当たる音がして、ふたりとも無言でキューッとビールを一気に呷《あお》った。

「あー……うま」

「……ですね」

男性として晃良のことは苦手だが、この一瞬だけは気が合うと思う。

「さすがに秘書室じゃ、ランチビールってわけにはいかないからな。営業はたまに昼から飲むらしいぞ」

「うちじゃ無理ですよ。車の運転を頼まれることもありますし」

「まあ、昼に外に出る時間もないしな」

晃良の言う通りで、秘書室は重役の昼食の世話も仕事のひとつだから、よくテレビドラマで見るお洒落《しゃれ》な女子社員のように外でランチをするなどという時間はない。

隙間時間に食べられるよう弁当を持参するか朝のうちにコンビニなどで買っておくことが多い。

「俺、昼は重役のお供がなければコンビニばっかりだな」

言われてみれば、晃良はよくコンビニのお弁当やおにぎりなどを食べている印象がある。しかも一緒にカップラーメンも食べているから、いつも高カロリーだと思っていたのだ。

「私もテイクアウトが多いので人のことは言えませんけど、栄養バランスとか気をつけてくださいね。コンビニ弁当は塩分が多いんですよ。室長一緒にカップラーメンも食べてるし。インスタントって胆石の原因になるそうですよ」

独身で四十歳の従兄が、ちょうど去年胆石の手術をしたばかりだった。胆石が見つかるのは年輩の女性の方が多いそうで、従兄は男性で若いのにめずらしいと言われたそうだ。大学時代から一人暮らしでインスタントばかり食べていたのが原因のひとつだと医師に注意されたとぼやいていたことを思い出した。

「へえ、心配してくれるんだ。優しいじゃん」

晃良の唇にうっすらと浮かんだ笑みが嬉《うれ》しそうに見えて、咲良はその笑顔に不覚にもドキリとしてしまう。

「わ、私は一般的な意見を言っただけです！」

思わず照れ隠しで叫んでしまったが、その態度でさらに晃良の笑みが深くなった。

いつもこんなふうに女子社員と接するから誤解されるのだ。誰彼かまわず甘い笑みと優しい眼差しで見つめていたら、誤解されたとしても自業自得としか言いようがない。

晃良が苦手な咲良でもドキリとしてしまうのだから、彼に気がある女性なら彼が自分に興味があるのだと誤解してしまうだろう。

「先付けでございます」

運ばれてきた料理を見て、咲良は思わず声をあげた。

「わ……可愛い」

四つに仕切られた朱塗りの容器に色とりどりの料理が詰められていて、可愛らしい。それに続いて一口サイズの寿司が一貫ずつ盛り付けられた長い皿が、お吸い物と共に運ばれてきた。

マグロや白身魚、貝類にホースラディッシュを載せたもの、薄切り肉の寿司もあり、接待やデートといった特別なときにいただくような高級感のある料理だ。

ジッと料理を観察する咲良を見て、晃良がふと気づいたように言った。

「そういえば山口っていつも料理の写真撮らないな。みんなすぐにSNSに写真あげたりしてるだろ。もしかして遠慮してる?」

「あ、私写真のアプリはやってないんです」

あっさり首を横に振る咲良を、晃良が物珍しげに見つめた。

「へえ、めずらしいな。俺の幼なじみなんて、なに食べても写真撮ってネットにあげてる。映えが映えがって、うるさいんだ」

「そういう人の方が多いですよね」

大学のときの付き合いで登録しているＳＮＳはあるけれど、基本は見る専門だ。たまに思い出したように開いてみて、友だちの近況を知るのには役立っているがそれだけだった。映えを気にする幼なじみということは女性だろうか。晃良のプライベートなど聞いたことがなかったので、なんだか不思議な感じがする。

「あ、もしかして資料用に写真も必要でした？」

考えてみれば下見に来ているのだから料理の写真を撮影した方が良かったかもしれない。これまで気にしていなかったが、確かに写真があった方があとから店を検討するときに役立つはずだ。

「すみません。気がつかなくて」

慌ててスマホを取り出そうとする咲良に向かって、晃良が手を振った。

「いい、いい。食事中に携帯を出さない山口のそういうところ好きだから」

「えっ⁉」

「よーし。食おうぜ」

「……は、はい。いただきます」

一瞬〝好き〟という言葉にドキリとしたが、特に意味はないらしい。そういう意味深な言葉をさらりと口にするから女性に誤解を受けるのだと、一度ちゃんと注意したいところだ。

「素敵なお店ですね。室長、いつもどうやってお店のリサーチをしてるんですか。私もこれから専務の専属として色々接待の勉強もしたいので教えてください」

いつも絶妙にお洒落な店やオープンしたばかりの店に連れて行ってくれるのは嬉しいが、彼は普段からこういうお店で食事をするのが普通なのだろうか。

まあ社長の御曹司なのだから分不相応ではないが、もしこれが日常なら自分とは生活レベルが違いすぎる。

「ま、まあ色々な。だけどうちは女子社員に接待で酒が入るような場所には同伴させないし、今まで通りでいいぞ。ほら、いいから食えよ」

一瞬晃良の顔色が変わった気がしたけれど、すぐに目の前の料理に意識が移ってしまいわずかな違和感はいつのまにか消えてしまった。

「じゃあ、お言葉に甘えていただきます」

「おう」

料理はどれも美味しくて、しばらくはふたりで舌鼓を打ち、仕事だと割り切って来ているはずなのについお酒も進んでしまう。

晃良がメニューを覗《のぞ》いて、ねだるように咲良を見た。

「日本酒も頼んでいい？　これ飲んでみたい」

「お付き合いします。外国のお客様は日本酒もお好きですから」

すぐに酒器に入った冷酒と小ぶりの足がついた切り子グラスが運ばれてくる。ふたりであれこれいいながら利き酒をするのは楽しくて、さらにもう一種類追加をしてしまった。

晃良の口はいつも滑らかだがお酒が入るとさらに拍車がかかり、元々話題が豊富な人なので咲良も仕事なのを忘れてついつい笑い声を上げてしまう。

するとそれを見ていた晃良が、ふと真顔になった。

「……室長?」

なにかおかしなことを言っただろうか? わずかに首を傾げた咲良に、晃良が窺うような眼差しを向けた。

「あのさぁ……山口って、会社にいるときと食事のときと、俺に対する態度違わない?」

「は?」

「もしかして……俺のこと嫌い?」

「……」

ずばり切り込むような言葉に目を丸くしてしまう。嫌いではないが、いつも苦手なタイプだと仕事以外では敬遠しているので否定することができない。

「あ、えっと」

言葉に詰まった咲良を見て、晃良がやっぱりという顔で溜息をついた。

「最初は男嫌いなのかと思ってたけど、他の男性社員とは普通にしてるし、会社で俺だけに塩対応だよな?」

「……そ、それは……」

塩対応のつもりはないが、確かに意識して彼とは一線を引くようにしているからそう言われても仕方がない。ふたりで食事をするときも上司と部下の一線を越えないように気をつけてはいるのだが、お酒が入るとつい気が緩んでしまう。

「山口？」

ジッと悲しげな目で見つめられ、咲良は諦めの溜息を漏らした。

「じゃあ……言いますけど、怒らないでくださいね」

「ああ、約束する」

「私、チャラい男の人が苦手なんです」

「……は？」

想定外の返事だったのか、晃良はただ面食らったように眼を見張る。しばらくして気を取り直しゆっくりと口を開いた。

「……俺、チャラい？」

「はい、めちゃくちゃ。女子社員に片っ端から甘い言葉をかけてるじゃないですか。私そういう男の人が一番苦手なんです。だから室長が嫌いというわけじゃないんです！」

拳を握りしめて力説する咲良とは反対に、晃良は脱力して肩を落としてしまった。

「俺はさ、可愛い女の子たちに囲まれて仕事してるんだから楽しくやりたいと思ってるだけなんだけど。それに声をかけるのはセクハラじゃないし、声をかけあった方が気持ちよく仕事できるだろ」

女の子に囲まれているという考えがチャラいという言葉はグッと呑み込んで冷静を装う。

「そうですね。仕事を円滑に進めるのも室長のお仕事のひとつだと思いますので、その点は否定しません。この際だからお伝えしておきますけど、私にはそういうお気遣いは不要です。仕事は仕事でちゃんとしますから」

晃良が咲良以外の同僚と親しくしたいと言うなら口は出さないが、自分にはかまって欲しくないだけだ。

すると咲良のビジネスライクな話に耳を傾けていた晃良が、小さく肩を竦《すく》めた。

「なるほどね」

なんとなく呆《あき》れたというか、全てを悟ったような口調に咲良は疑わしげな視線を向けた。

「な、なんですか？」

「いや、山口って男に褒められ慣れてないんじゃねーの？」

「は⁉」

思わず大きな声をあげた咲良に晃良は自信たっぷりの笑みを向ける。その眼差しは明らかにこちらをからかっているとわかるのに、男性と冗談を言い合うことに慣れていない咲良は、自然と恥ずかしさに頬を赤くしてしまう。

確かに男性に免疫がないのは認めるが、それで仕事に支障が出たことはない。でも晃良の言い方だと男性に褒められ慣れていないから、晃良の言動が気になるだけのように聞こえる。

暗に心が狭いと言われたような気がして、咲良は顔を顰《しか》めた。

「べ、別に男性に褒められたくなんて……そ、それに私が言ってるのは室長がチャラチャラしてるって話です。私の男性経験とか、論点をすり替えないでください！」

自分は間違っていないのに。ここが公共の場であることも忘れて声を荒らげてしまう。

「別に悪いなんて言ってないだろ。むしろカワイイじゃん。男嫌いだと思われてる秘書室のクールビューティーが、実は男慣れしてないだけなんて、ギャップ萌《も》えだし」

「ク、クールビューティーって……ギャップ萌えって……い、意味わかんないです！」

これ以上この話を長引かせるのはさらに墓穴を掘ってしまいそうで、咲良は顔を背けたまま唇を引き結ぶ。なぜだかわからないが、怒っていないと恥ずかしさに泣き出してしまいそうな気がした。

「そんなに怒るなって」

「室長が変なこと言うからです！」

「じゃあさ、俺がチャラくなくなったら、俺のこと好きになる？」

「……え？」

予想していなかった晃良の言葉で、腹を立てていた気持ちに一気に冷や水を浴びせかけられたような気持ちになった。

やはり今日の晃良は……おかしい。咲良は自分が耳にした言葉が信じられなくて、まじまじと晃良の顔を見つめてしまった。

「俺はかなり山口に興味がある。まあこうやって下見だって嘘《うそ》をついて食事に連れ出すぐらいには」

「えっ⁉　う、嘘、なんですか？」

仕事でなかったのならこれまでの食事はただの会食で、晃良とデートをしていたと思われても仕方がない状況になってしまう。

ギョッとしてわずかに身体を引いた咲良を見て、晃良が甘い笑みを浮かべて目尻を下げる。その顔はなんだか嬉しそうだ。

「今さらその反応かよ。普通さ、これだけ何度も食事に誘われたら、少しは意識しないか？　自分は特別なんじゃないかって」

「す、するわけないじゃないですか！　だって室長が言ったんですよ、下見だって。普通に仕事だと思ったからお供してたのに」

「それって、仕事じゃなかったら俺の誘いには乗らなかったってこと？　地味に傷つくんだけど」

そういう言い方はズルイ。そうだと答えれば冷たい女に聞こえるし、そうではないと答えたら恋愛に疎い鈍感な女ということになり、どちらも咲良に非があるみたいだ。

お酒の勢いもあり、咲良は思わず晃良を睨みつける。

「だからそういうところが苦手だって言ってるのに！」

相手が上司であることも忘れてぞんざいな口調になっていたが、頭に血が上ってしまった咲良は気づかない。

「そんなにキレるなって」

晃良は降参のつもりなのか両手を上げたけれど、それすらも茶化されている気がしてしまう。

「室長が私を怒らせるからじゃないですか！　もしかして怒られるのが好きなんですか？」

今なら実はドMですと告白されても頷ける気がする。そんな気持ちで晃良を睨《にら》みつけたが、彼はその責める視線ですら嬉しそうに受け止め、楽しんでいるように見えた。

「悪かったって」

晃良はそう言って笑ったけれど、口先だけで本当に悪いとは思っていない。店を出ても笑っている晃良を見て、咲良はイライラしながらプイッと顔を背けた。

「ごちそうさまでした！」

いくら怒っていても、礼儀は大切だ。わかってはいるがニヤニヤと咲良を見つめる晃良に対して、いつものような素直な気持ちにはなれなかった。

咲良がふて腐れて少し遅れて歩いていると、晃良が伸びをしながらチラリと咲良を振り返った。

「それにしても……山口がこんなに鈍感だとは思わなかった」

晃良の言葉に咲良は唇を尖《とが》らせた。

「……どういう意味ですか？」

「もう少し本気を出した方がいいかなって。そうじゃないと山口に男として見てもらえなさそうだからさ」

「な、なに言ってるんですか！　本気なんて出さないでください！」

男としてなら十分意識している。男として苦手なタイプだから避けているのだ。

「さっきも言ったけど、男に慣れてないだけだろ。どう？　俺と付き合ってみない？」

「えっ⁉」

「だって、俺が他の女の子たちと話してるところとか、チャラいとかよく見てるじゃん。それってさ、俺のこと男として意識してるってことじゃねーの？」

その言葉に咲良は心臓を摑《つか》みあげられたような気分になった。まるで考えていたことを晃良に見透かされていたみたいだ。

多分日中に隙がない云々《うんぬん》の話をされたときも、相手が晃良だからドキリとしてあんなに動揺してしまったのだと、本当はわかっていた。つい晃良を意識してしまう自分を認めたくなかったのだ。

晃良は本気で付き合おうと言っているのだろうか。想像しただけで胸が苦しくなって、嬉しいのか迷惑なのかもわからず心臓だけがドキドキと大きな音を立てる。

晃良の意味深な発言に意識を奪われていた咲良は、彼に続いて駅に向かうために地下へと向かうエスカレーターに乗りかけ、足を踏み外しバランスを崩してしまう。

「あ！」

とっさに手すりに摑まるよりも早く、一段下にいた晃良が振り向いて咲良を抱き留める。

「あっぶね！」

エスカレーターの段差のせいでいつもより晃良の顔が近い。こんなに間近で彼の顔を見るのは初めてで、咲良はその顔を食い入るように見つめてしまう。

「あの……あの……室長に聞きたいことが……」

――今の〝付き合ってみない？〟は本気ですか？

とっさにそう口にしてしまいそうになり、咲良は自分の言おうとしていることに気づき慌てて口を噤《つぐ》む。

あれは晃良一流のジョークで、いつもの軽口のうちだ。それなのに一瞬本気だったらいいのにと考えていた自分に気づいて恥ずかしくなった。

「山口？」

晃良はエスカレーターから降りると、黙り込んでしまった咲良の腕を引っぱって通り過ぎる人たちの邪魔にならない壁際まで引っぱって行く。

「もしかして酔ったのか？　珍しいな」

「……」

その言葉に咲良は無言で首を横に振る。そして逡巡しつつ、朝から気になっていたもうひとつの問いを口にしてしまった。

「あの……隙がないってどういう意味ですか？」

「ん？」

「室長、ミーティングルームで私に隙がないって言ったじゃないですか」

「……ああ、それか」

晃良は軽く頷くと、言葉を選ぶように思案顔で口を開いた。

「まあ色々あるけど……強いて言えば山口はクールビューティーだからさ」

「は？　意味わかんないです」

さっきも同じことを言われたけれど、咲良の中でクールビューティーというと凜《りん》とした雰囲気の自立した女性、才色兼備というイメージで自分とはほど遠い形容だ。

「……」

「自覚なしって顔だな。まあそこが山口のいいところではあるんだけど。今朝の隙がないって話に絡めると、普通の男から見たら、山口は完璧すぎて声をかけづらいってことだ」

「……でも室長は普通に声もかけるし、食事にも誘うじゃないですか」

「それは俺がおまえに気があるからだって言っただろ」

「な！」

また晃良がとんでもないことをさらりと口にしたので、咲良は赤くなった。

「もう！　冗談はやめてください!!」

「冗談じゃないって。俺はさっきから本気で言ってる」

「……っ」

たとえ晃良が本気だったとしても、今の自分はそれに応えられない。というか、まだ晃良の言っていることが信じられないし、お酒が入っているからなのか頭が上手く働かないのだ。

「ふーん。そういう顔もできるんだな」

「そういう顔って……！」

咲良は慌てて両手で頬を覆う。どんな顔をしているかはわからないが、頬が熱いから真っ赤になっていることは間違いない。

晃良は咲良の動揺を見透かすように口の両端を吊《つ》り上げてニヤリとすると、身を乗り出して顔を覗き込んできた。

「な、なんですか……⁉」

晃良の顔が近づいてきて、咲良の中で全力疾走をしているときのように心臓がバクバクと大きな音を立てる。

「そうやって揺れてるおまえにつけ込むこともできるんだけど、今日は諦める」

「……は？」

咲良が問い返すより早く、晃良がくるりと身を翻す。

「ほら、おまえこっちのホームだろ」

顎をしゃくられ、反射的に頷いた。

まるで今起きた出来事はすべて夢だったのではないかと思うようなあっさりとした態度

に、咲良は首を傾げつつも頭を下げる。

「……お、お疲れさまでした」

もしかしてからかわれていたのだろうか。それ以上はなにも考えられず、咲良は階段の方に足を向ける。

「山口」

名前を呼ばれて反射的に振り返ると、目が合った瞬間晃良がニヤリとからかうように唇を歪《ゆが》めた。

「とりあえず今度から苦手な相手でも、見かけたら隠れずに朝の挨拶ぐらいすること。あとさ、俺、結構気が長い方だから」

「え……?」

なんのことだろう。そう思っている間に晃良は背を向けてしまい、咲良の脳裏には晃良のからかうような笑みだけが残る。

もしかして、今朝咲良がエレベーターホールで彼をこっそり避けたことに気づいていたのだろうか。

それなら晃良に自分のことが嫌いなのかと尋ねられたことにも納得できる。朝の挨拶もしたくないぐらい部下に避けられていると考えたのだろう。

それに気づいていて、いくら冗談だとしてもどんな気持ちで〝俺を好きになる?〟とか〝俺と付き合わない?〟なんて言葉を口にしたのだろう。

言われ慣れていないからドキドキしてしまったけれど、あんなの全然ロマンチックじゃない。それなのにいつまでも晃良の言葉が耳に残ってしまう。

咲良にはやはり飯坂晃良という男が理解できなかった。

3　喪女とクールビューティー

晃良とふたりで食事をしてから一週間ほどが過ぎ、咲良は高垣と共に専属秘書だけのミーティングに参加することになった。

それは毎日の朝礼とは別に専属担当者と室長のみで週一回行われる打ち合わせで、全員で共有しておきたい問題点を報告しあったり、現在会社内で進んでいる大きな取引についてや、その対応についてなどを伝えあったりするらしい。

あらかじめ情報はもらっていたが、初めてミーティングに参加する咲良は緊張しながら高垣の隣に座った。

その場にいるのは全員自分より先輩で、才色兼備の集まりの末席に座らせてもらえるだけでもドキドキしてしまう。

各々自前のタンブラーに入れた飲み物やペットボトルを持参していて、重役会議のときのように誰かがお茶のお世話をする必要はない。秘書室の中では、後輩が上司や先輩にお茶を入れるという決まりはないのだ。

これも晃良が室長になってからの提案で、いつも人のお世話をしているのだから無駄な仕事は増やさず、必要な人は自分で用意すればいいことになった。当然彼は自分にもお茶やコーヒーを淹《い》れる必要はないと言ったが、なんとなく誰かが気づいたときや自分のついでに晃良の席にコーヒーを運んでいる。

　これが普段嫌味を言う上司や頼りがいのない人ならスルーされるのだろうが、みんなが気にかけるのは彼に人望があるからだ。

　今日の晃良は全員が席に着いたところで、ミネラルウォーターのボトルを手にミーティングルームに入ってきた。

「お疲れさま。今日は落成パーティーと式典の応援人員のことについて説明するから、とりあえずこれに目を通してくれ」

　晃良はそう言うと一番近くにいた先輩にレジュメの束を手渡した。式典の応援というのは、先日の朝礼のときに晃良が話していた件だろう。

　椅子に座りながら晃良がチラリと咲良たちに視線を向けた。

「高垣、引き継ぎの方は進んでるか？」

「はい。山口さんは飲み込みが早いので、もうひとりでも大丈夫なぐらいです。ね」

　回ってきたレジュメを高垣に笑顔で手渡されて、咲良は慌てて首を横に振った。

「と、とんでもないです！　先輩がやることを指示してくださっているからで」

「そんなことないわよ。専務も後任が咲良ちゃんなら安心だっておっしゃってたわ」

　高垣はそう言ってくれたが、実際に彼女がいるから安心して仕事を覚えることに集中できるのだ。

　咲良は恐縮しながら手渡されたレジュメに何気なく視線を落とし、自分の名前が書かれた場所を見て、ギョッとして顔を上げた。

　そこには落成式やパーティーでのスタッフの配置や事前準備の計画が詳しく記されていたのだが、ホテルのバンケットホールで開かれるパーティー責任者のところに、晃良と並んで自分の名前が書かれていたのだ。

　秘書室の中だけで言えば、専属秘書になるのは男性が主任や課長に出世するのと同じ意味を持つ。その分責任も課せられ仕事が増えるのは仕方がないことだが、担当を持ったばかりの自分にさらにパーティーの責任者というのは荷が重すぎる。

　なにかの間違いではないかと他の場所に自分の名前を探していると、晃良が口を開いた。

「以前も言ったが、新社屋落成パーティーや式典には秘書室からも人員を出すことになっている。当日の接客には営業部からも応援が来ることになっているので、うちは受付や招待客の案内がメインだ。式典の受付と案内の責任者に、平川《ひらかわ》と西城《さいじょう》。うちで手が空いている者は全員受付に回してかまわないから、その辺は任せる」

　晃良の言葉に名前を呼ばれたふたりが頷《うなず》いた。

「式典の進行など全体の運営は総務が計画しているので、そちらの応援は後藤《ごとう》と黒川《くろかわ》のふたりで頼む」

「はい」

「俺は全体を見ながら、別会場のバンケットルームで開かれるパーティー準備に回る。これは広報から応援が出るから俺と山口で担当」

咲良の名前が呼ばれたことに誰も疑問を持たないのか、異を唱える人は誰もいない。

「山口、大丈夫だな？」

「は、はい」

切れ長の瞳に見つめられ、とっさに大きく頷いてしまう。

「高垣は引きつづき山口のフォローをよろしく頼む」

「もちろんです」

この担当分けをしたのは晃良のはずで、自分の都合がいいように仕事を割り振ることができるはずだ。わざわざ咲良と組もうとするなんて、彼はあんなふうに別れたことを気にしていないのだろうか。

咲良の方はあの夜から妙に晃良が気になってしまい、秘書室にいるとつい彼が今どこにいるのか意識してしまうのに。

晃良はそのあともレジュメに沿って説明を続け、それについていくつかの質問がやりとりされて、咲良が初めて参加するミーティングは終了となった。

これまでは先輩の指示に従っていれば良かったが、今度は自分が指示を出す立場なのだと思うととても不安だが頑張るしかない。

「じゃあこれで解散するけど、担当ごとに打ち合わせよろしく。不明な点は遠慮なく質問してくれ」

晃良の言葉にメンバーが席を立つ。周りに倣って書類を抱えて立ちあがった咲良を晃良が呼び止めた。

「山口、明後日朝イチで広報との打ち合わせ入れたいんだけど、大丈夫か」

咲良は専務のスケジュールを思い出しながら、出て行きかけていた高垣に視線を向けると頷き返される。

「大丈夫よ。その日は午前中は社内だから対応できるわ」

「ありがとうございます」

高垣が出て行くのを見送ってから晃良に向き直る。

「だそうです。会議室の方がいいですよね？　私の方で予約入れますか？」

「頼むわ。えーと朝礼のあと九時半ぐらいから……念のため昼まで。そこまでかからないと思うけど」

「承知しました」

晃良はあっさり頷くと、書類を手にミーティングルームを出て行く。

ふたりきりになったらこの間の返事を求められるのではないかと不安だった咲良は、晃良のあっさりとした事務的な態度に拍子抜けしてしまった。

やはりあれはお酒の席での冗談で、咲良をからかっただけなのかもしれない。ほっと胸を撫《な》で下ろす一方で、なぜかがっかりしている自分がいる。晃良とはこれ以上個人的に近づかない方がいい。これからは食事に誘われても、ふたりきりなら断るようにしよう。

咲良はがっかりしていることを認めたくなくて、強く自分にそう言いきかせた。


広報課との打ち合わせの朝、咲良はいつもより少し早く出勤した。

朝イチの打ち合わせなら、朝礼のすぐあとになる。となるとゆっくりと会議室の準備をすることができないと思ったのだ。

秘書室だけの会議ならお茶は不要だが、他部署が一緒の打ち合わせならお茶かコーヒーを用意する。外部からの来客にはコーヒーカップや湯飲みを使うが、今回のような社内の打ち合わせなら紙コップなどの使い捨てでかまわない。

お茶かコーヒーか迷うところだが、広報課の人とは今日が初対面で好みがわからないから緑茶が無難だろう。実はコーヒーが苦手な人は結構いるのだ。

新社屋にはオフィスごとにドリンクのフリースペースが設置され、来客スペースや会議室にも同じサービスを置くと聞いている。そうなると仕事が少し減るので、細々とした仕事の多い秘書室としては大歓迎だ。

すでに秘書室では引っ越しの準備が始まっていて、手が空いている人間が専門業者に任すことのできない社外秘の資料などの箱詰めを行っていた。

咲良はまだ新社屋を外からしか見たことがないが、晃良や先輩たちは重役のお供で何度か足を運んでいるという。なんでも秘書室は席を決めないフリーアドレス方式で、その時の気分で好きな場所で仕事ができるそうだ。

それに秘書室は重役のお供で出かけることも多く着替えをすることもあるので、一般の女子社員とは別に専用の更衣室もあるという。

話を聞くだけで楽しみだが、咲良は最近いつまでこの仕事を続けるのだろうと考えるようになった。

秘書の仕事は好きだ。それに先輩の中には四十代以上のベテランや既婚で子育てをしながら時短勤務の人もいる。

あとがつかえているからお局は早く出て行けと言われる会社ではないが、咲良は自分の未来に漠然とした不安があった。

仕事は続けたいがいつかは結婚をして、子どもも欲しい。まだ友人は未婚がほとんどだが、それなりに結婚を考える相手がいたり、授かり婚でいきなり入籍をしたとＳＮＳで発表する友だちもいた。

結婚を焦っているつもりはないけれど、なんとなく不安というこの感情は、この年代の女性なら誰でも感じるものなのだろうか。

「はぁ」

咲良は給湯ポットのスイッチを入れながら、無意識に溜息《ためいき》を漏らした。

壁の時計を見上げるとあと五分ほどで朝礼の始まる時間だ。そろそろオフィスに戻った方がいい。そう考えた瞬間、カチリと扉の開く音がした。

「あ、おはようございます」

入ってきたのは長身のパッと人目を惹《ひ》くような男性だった。後頭部とサイドの髪を刈りあげ気味に短くしてトップに緩いパーマをかけた今風の髪型で、秘書には向かないが営業にいたら人気が出そうだ。

男性は咲良の挨拶にわずかに目を見開き、それから笑みを浮かべた。

「おはようございます。秘書室の方ですよね。広報の相川《あいかわ》です」

名前を聞き、咲良は何度か彼を社内の交流会で見かけたことがあるのを思いだした。二年ほど先輩なので直接の交流はないが、愛想がよく女の子たちに囲まれていた記憶がある。

「申し遅れました。秘書室の山口と申します。まだお約束のお時間ではないですよね？」

この会議室を押さえたことは晃良から連絡が行っているはずだが、約束の時間にはまだ三十分ほどあるはずだ。

「ああ、まだ早いよね。実は会場の見取り図を表示させるのに大きなモニターを使いたくて、先にセッティングしておこうと思ってきたんだけど、驚かせちゃったかな」

「いえ、よろしければお手伝いします」

「ありがとう。でも大丈夫だよ。仕事があるなら戻ってかまわないから」

そう答えた瞬間、始業を知らせるチャイムが鳴り始める。

「本当に大丈夫だから行って。秘書室は毎日朝礼があるんでしょ」

「あ、はい。じゃあすみません。ちょっと失礼します」

咲良は相川に頭を下げると、会議室を飛びだした。

秘書室に戻るとすでに朝礼が始まっていたので、咲良は静かにみんなの後ろに並んだ。晃良が気づいてチラリとこちらを見たので小さく頭を下げた。

いつも通りの業務連絡のみで朝礼はすぐに終わり、咲良は晃良に呼ばれタブレットや手帳を抱えて秘書室を出た。

「今朝はどうしたんだ？　デスクにカバンがあったから遅刻じゃないだろ」

会議室に移動する途中で、前を歩いていた晃良が振り返って咲良に視線を流す。てっきり朝礼に遅れたことを注意されると思っていたのに、心配してくれているようだ。

「すみません。早めに出社して会議室の準備をしていたんですけど、広報の方がモニターの準備にいらっしゃって、お話をしていたら遅くなってしまいました」

「なんだ、そういうことか。体調が悪いとかじゃないならいい」

晃良はあっさり頷いた。

「それで、誰が来てた？　藤原《ふじわら》？」

「ええっと……相川さんという方でした」

「ああ。あいつね」

「ご存じなんですか？」

咲良は小走りで晃良の隣に並んだ。

「若手で優秀って聞いてるけど。秘書室にも男性社員がひとりふたり欲しいと思って、最近若手をチェックしてるところなんだ」

晃良の言葉に咲良は小さく笑いを漏らす。なんだか先日の夜のことを自分ばかり気にしているのがおかしくなった。もしかしたら晃良自身もなかったことにしたいのかもしれない。

それならこちらも好都合だ。咲良はホッとして口元を緩めた。

「秘書室は女の園で、男性一人きりだと室長は居心地悪いですよね」

「というより、夜の会食とか酒の席に女性を同席させるって、どうかと思ってるんだ。今はどうしても秘書が必要なときだけ同行させてるけど、相手が酔ってふざけてきたら、取引先だと強く出られない者もいるだろうし。それに運転だって任せられるだろ」

「なるほど」

咲良はその言葉に大きく頷いた。

考えてみれば秘書が女性である必要はない。実際我が社は女性ばかりだが、会合に来ていた他社で男性秘書がお供をしていたのを見たことがある。晃良はまた新たな秘書室の改革を考えているのだろう。

「あと念のために言っておくが、俺は女の園にたったひとりの男でもなんの問題もないぞ。秘書室はみんな仲がいいし、女同士の揉《も》め事とかないしな。実は男同士の方が嫉妬とかやっかみも多いんだぞ」

晃良はちょっと笑って会議室の前で立ち止まった。

「お、もう来てるな」

扉の横のプレートが使用中になっているのを見て、晃良はノックしてから扉を開いた。

「悪い。待たせたな」

晃良に続いて入っていくと、今朝会ったばかりの相川ともうひとり、三十代前半と思われる男性が座っていて、こちらに向かって手をあげた。

彼がさっき名前の出た藤原だろうと見当をつけふたりに会釈をすると、準備してあった給湯ポットに近づいた。

お湯はすでに保温になっていたので手早くお茶を入れていると、隣に相川が並ぶ。

「さっきはどうも。手伝うよ。これ、運べばいいの？」

「あ」

咲良が断るよりも早く相川が紙コップの載ったトレーを持ち上げてしまう。

「ありがとうございます」

「どういたしまして」

鼻歌でも歌い出しそうな軽い口調でトレーを運んでいく。

相川は女性がお茶を出すのが当たり前だと思う男性のひとりではないと感じて、咲良は好感を覚えた。広報は女性でも働きやすそうだ。

「山口」

「あ、はい」

手招きをされて近付くと、晃良の向かいに立っていた藤原と目が合いドキリとしてしまう。真っ直ぐにこちらに視線を向け、まるで恋人でも見つめるような甘い光を滲《にじ》ませているように感じたからだ。

こういう男性には注意しなければいけないと秘書室の経験で学んでいた咲良は、気を引き締めて営業スマイルを浮かべた。

「紹介する。山口だ。秘書室では専務の専属で、今回俺と一緒にパーティーの方に回ってもらう」

「広報の藤原です。晃良……飯坂室長とは同期なんだ。よろしくね」

仕事相手に向けるにしては甘やかな微笑みに、少しどぎまぎしながら頭を下げる。

「山口です。よろしくお願いいたします」

咲良の生真面目な挨拶に、藤原が苦笑いを浮かべる。

「社内同士なんだからそんなにかしこまらなくていいよ。専務って飯坂専務？」

「はい」

「その若さで専務の専属って優秀なんだね」

「とんでもないです。まだまだ先輩方に教えていただくことばかりで。今回もみなさんの足を引っぱらないように気をつけますので、よろしくお願いいたします」

咲良はもう一度深々と頭を下げた。

「なるほど、真面目ちゃんなんだ。うちの相川はさっき会ってるよね？」

お茶を出し終えた相川が藤原の隣で微笑んだ。改めて晃良に紹介しない様子から、この場で初対面だったのは自分だけらしいと気づく。

「はい、先ほど始業前に。モニターの接続大丈夫でしたか？」

「うん。広報部で使ってるモニターと同じタイプだったから大丈夫」

「良かったです」

相川の笑顔には先ほどの藤原のドギマギするような笑顔とは違い、爽やかで人好きのする雰囲気がある。

ふたりとも色々な意味で女性慣れしている感じがするが、相川の方が人懐っこさがあるような気がした。

しかし挨拶を終えて席に着くと、相川が咲良をギョッとさせるようなことを口にした。

「いやぁ、光栄だな。秘書室の高嶺《たかね》の花と仕事ができるなんて」

先日も晃良に言われた言葉だが、こんなによく耳にすると流行語みたいだ。

「なんだよそれ」

藤原が眉を上げ、咲良に興味津々の眼差しを向けた。

「あれ？　藤原さん、彼女と会うの初めてですか？　男性社員の間では結構有名なんですけど」

この人はなにを言い出すつもりなのだろう。内容がなににしろ、咲良にメリットなどなさそうな流れだ。

「あの、相川さん、打ち合わせ中ですから」

咲良が控えめに口にした言葉を遮って、相川はまるでそれが大ニュースであるかのような大袈裟な口調で言った。

「俺たちの間では山口さんって有名なんですよ。秘書室ってカワイイ子が多いから、恥ずかしい話ですけど独身の男性社員はみんな彼女たちを食事に誘うんですよね。でも山口さんだけは全然誘いに乗ってくれなくて、誰が誘ってもOKしてくれないから、よほど理想が高いのか、もうハイスペックな彼氏がいるんじゃないかって噂《うわさ》になったんです。真相がわからないからそのうち秘書室のクールビューティーとか高嶺の花って呼ばれるようになって」

初めて聞く噂だが、晃良の前でそんな話をされるのは恥ずかしくてたまらない。先日も晃良とクールビューティー云々《うんぬん》の話をして否定したばかりなのだ。

それに相川の言う通り何度か誘いを断ったのは事実だが、みんながそれ以上深追いをしてこなかったから、新入社員への洗礼のようなものだと思っていたのだ。

咲良は唇がヒクヒクと震えるのを感じながら、必死で笑みを浮かべた。

「大袈裟《おおげさ》ですよ。確かにお食事に誘われたことはありますけど、皆さんそんなに熱心じゃなかったですから」

「僕の同期も山口さんにふられたって言ってたよ」

「そんなことありませんってば」

営業スマイルで話を締めくくろうとしたが、藤原が興味津々の顔で身を乗り出してきた。

「それで？　山口さんの彼氏ってハイスペックなの？」

これが晃良相手ならセクハラだとバッサリ切り捨てるところだが、同じ会社の社員とはいえ広報課はお客様のようなものだ。最初から冷たくするとこのあとの仕事にも差し支えるだろう。

「それはノーコメントです。ご想像にお任せします」

きっぱりとした口調だが、最後は場が白けないように冗談めかして微笑んだ。

取引先の男性にプライベートを根掘り葉掘り質問されたときは、大抵みんなこの一言で諦めてくれる。藤原が小さく肩を竦《すく》めたのを見て、上手くあしらえたのだと咲良がホッと気を緩めたときだった。

「さすがクールビューティー。上手い返しだね。確かに簡単になびいてくれなさそうだ」

藤原がふっと唇を甘やかに緩めて咲良を見つめた。

「でもさ、俺って逃げられるとことん追いかけたくなるんだよね～」

「……っ」

なんだか背中を大きな手で撫でられたような気がして咲良は小さく身体を震わせる。不快ではないが、男性にそんなふうに見つめられるのは気持ちがざわついて落ち着かない。

いやらしいというより女性慣れしていて、咲良の小手先の手口などお見通しだと言われた気がした。晃良に感じているチャラさとはまた違う、プレイボーイ独特の雰囲気と言えばいいのだろうか。

晃良にも説明したが、自分は決して高嶺の花というタイプではない。大きな声では言えないが、実は男性とのお付き合いの経験がほとんどない、今風に言えば喪女と言われるタイプだ。

あとで相川にはあまり噂を鵜呑《うの》みにしないで欲しいと伝えた方がいいだろうか。咲良がそう考えたとき、黙っていた晃良が口を開く。

「おい、おまえら、それ以上言うとセクハラだからな。ほら打ち合わせ始めるぞ」

晃良は興味なさそうな口調で言うと、手元の書類をバサバサと乱暴にめくった。強いて言えば少し不機嫌にも聞こえたが、助けてくれたらしい。

思わず咲良が感謝の眼差しを晃良の横顔に向けたときだった。

「なんだよ。俺にも少しはいい思いさせろよ。まさか秘書室の女の子は全部俺のもの〜とか思ってるわけじゃないよな？」

ふて腐れたように頬杖《ほおづえ》をつく藤原に、晃良が苦笑いを浮かべた。

「思ってないよ。広報だって女子社員はたくさんいるだろ」

「男女の比率が違うんだよ。だいたいさ、おまえは俺たちみたいに努力しなくてもいいポストが用意されてるし、可愛い女の子たちに囲まれて将来安泰だろ。秘書室の女の子に声をかけるぐらい目をつぶれよ、お坊ちゃま」

最後の〝お坊ちゃま〟という言葉に悪意を感じ、咲良は身体を硬くして藤原を見つめたが、晃良は意に介していないのか「はいはい」と軽い返事を返す。

「専務が社長職を継いだら、今度は秘書室に座ってるだけのお前が専務のポストだろ。その時は俺のこともよろしくな。持つべき友は社長の息子だな」

黙って聞いていたけれど、それはいくらなんでも失礼だ。

藤原の言い方では、晃良がなんの努力もなく今のポストにいるように聞こえる。実際は秘書室の環境を良くするためにたくさんの改革案を出してくれているのに。

仕事柄相手になにを言われても怒ったり言い返したりしない咲良だが、藤原の言い方はあまりにも晃良の努力を無視した言葉だった。

「お言葉ですが」

らしくもなくカッと頭に血が上った咲良は、別の課とはいえ上役であることも忘れて口を開いてしまう。

「室長はちゃんと努力されてます！　朝も早くから出社されますし、室長のたくさんの提案のおかげで秘書室の仕事がより円滑に回るようになりました。座っているだけなんて失礼です！　そもそも先ほどから皆さん女性がかわいいかどうかという議論を口にされていますが、女性である私の目の前でそれをするのもセクハラにあたりますから」

自分でも驚くぐらい強い言葉が出てきて、しまったと思ったときには男性三人が呆気《あっけ》にとられた顔で咲良を見つめていた。

晃良はどうかわからないが、きっと藤原は怒りのあまり口がきけないと言ったところだろう。

いくら藤原のひどい言い草に腹を立てていたとしても、目上の人に対してこんな言い方をしてはいけなかったのだ。咲良が謝罪のために口を開こうとしたときだった。

「ぷっ」

最初に噴き出したのは晃良だった。

「……え？」

ここは噴き出す場面ではないはずだ。それなのに晃良はクックッと喉を鳴らし、藤原もそれにつられてクスクスと声を立てて笑い始めた。

「し、室長？」

困惑顔の咲良を見て、晃良は笑いを浮かべたまま口を開いた。

「さっき藤原と同期って言ったけど、実は高校も大学も一緒で昔から友達なんだ。こいつ昔から口が悪くてさ、びっくりしたと思うけど、本気じゃないから」

「え？　そ、そうなんですか？」

驚いて藤原を見ると微笑みながら頷き返してくるから本当のようだ。つまりは自分の早とちりだったらしい。そう気づいた瞬間、咲良は恥ずかしさのあまり真っ赤になった。

「失礼なことを言って、申しわけありませんでした!!」

咲良は慌てて机に頭を押しつけんばかりの勢いで頭を下げる。

「いいって、怒ってないから。ちょっとびっくりしたけど」

藤原は笑って顔の前で手を振ると晃良を見た。

「それにしてもおまえなんかをかばってくれるなんて、いい部下だな。うちに欲しいぐらいだ」

「やらないぞ。うちの貴重な戦力なんだから」

「ケチ！」

「ほら、いい加減打ち合わせ始めるぞ」

「あ、じゃあ僕から説明を」

晃良の言葉に、相川がパーティー会場の見取り図が映し出されたモニターの前に立った。咲良はまだ恥ずかしさに心臓がドキドキと音を立てているのを感じながら、必死で相川の説明に意識を向けた。

式典は新社屋のロビーで、その後のパーティーはすぐそばの老舗ホテルのバンケットルームで行われることになると聞いてはいたが、その招待客の顔ぶれや規模に咲良は資料を見ながら内心驚いていた。

会場は立食なら軽く千人ほどが収容できる広さで、一昔前なら芸能人の結婚披露宴などが行われたような大会場だ。

大きなパーティーであることはわかっているつもりだったが、相川の説明が進むにつれて大変な仕事を任されたのだと気持ちが昂《たかぶ》ってしまう。

すでに会場は予約されていて、司会は有名な女性フリーアナウンサーに依頼されている。

これからの実際の進行表の作成、料理や飲み物の吟味、当日の動線の確認、細かいことならウエイティングルームで流す音楽の選曲などなどやることをあげだすときりがない。

咲良は資料に気づいたことを書き込みながら、大きな仕事に携わる期待と本当に自分で務まるのかという不安で胸がいっぱいになった。

打ち合わせは一時間ほどで済んだが、これからは広報とも密にやりとりをすることになるからと連絡先を交換していると、藤原が突然言った。

「ねえねえ、咲良ちゃん。本当のところ、彼氏とかいないの？」

社内で男性に下の名前で呼ばれることがないので、答えなくていいことなのにたじろいで口を開いてしまう。

「いません、けど」

「じゃあさ、俺と付き合ってよ」

「……」

人前でこんなストレートな言葉を向けられるのは初めてで、咲良は呆気にとられて一瞬言葉を失う。

晃良もそうだが堂々とこんなことを言えるなんて、からかっているのか、余程自分に自信があるかのどちらかだ。

「……どこにお付き合いすればよろしいですか？」

咲良はとっさににっこり微笑んでそう口にした。

使い古された言い回しだが、先輩に教わった相手の毒気を抜くのには効果的な言葉だ。藤原はどんな反応をするだろう。

するとと藤原はフッと唇を緩め、咲良が思わずドキリとしてしまうあの甘い笑みを浮かべた。

「ここまでかわされると、逆に燃えるかも」

「……っ」

ニヤリと笑みを浮かべ顔を覗《のぞ》き込まれて、小さく息を呑む。すると見かねたように、隣の晃良が口を挟んだ。

「おい藤原、近付きすぎだ。くだらない冗談で俺の部下を困らせるな」

そう言いながら咲良の腕を引き、一歩後ろへ下がらせる。

「おまえが女の子を誘うのは勝手だが、山口にはかまうなよ」

きっぱりと厳しい口調で言い切った晃良に、藤原は物珍しげな顔で眉を上げた。

「お、いきなり牽制《けんせい》か？　もしかしてお気に入りちゃん？」

明らかに面白がっている口調に、晃良は面倒くさそうに深く溜息をついた。

「そうだよ。だから俺を飛び越して勝手に食事とかに誘わないよーに！　ほら、こっちも忙しいんだ。山口はもう秘書室に戻っていいぞ」

晃良はそう言うと半ば強制的に咲良を会議室から追い出してしまった。

一足先に秘書室に戻った咲良は、先ほどの晃良の態度や言葉を思い出して少し心配になった。

あれは藤原の軽口に応じたことが悪かったか、受け答えが気に入らなくて怒っていたのかもしれない。

自分では上手くあしらったつもりだったが、晃良は機転が利かない咲良を見かねて口を出したのだろう。

藤原の言葉に腹を立てて声を荒らげてしまったことも秘書として許されない行為なのに、冗談ひとつあしらえないとあっては呆れられても仕方がない。

秘書室に勤続四年と言っても結局自分は男慣れしていない、面白みのない女なのだとがっかりしてしまう。せっかく新しい仕事に抜擢《ばってき》されたのに、晃良はきっと見込み違いだったと失望しているだろう。

「はぁ」

咲良はいつの間にかデスクに戻っていた晃良の姿を盗み見た。

ついこの間まで彼にどう思われているかなど気にしたこともなかったのに、今は晃良にがっかりされたくないと思っている自分がいる。

以前から彼の仕事ぶりだけは尊敬していたけれど、いつの間にか仕事で晃良にもっと認められたいと思うようになっていた。

咲良はしばらく考えて、藤原に失礼なことを言ってしまったことの謝罪をしようと彼の様子を窺《うかが》った。

幸い午前中は打ち合わせのおかげで専属の仕事は高垣が引き受けてくれているし、ほとんどの同僚が出払っていて晃良はひとりでデスクに座っている。

「……室長、今よろしいですか？」

おずおずと声をかけると、パソコンのディスプレイとにらめっこをしていた晃良が、視線をあげて咲良を見る。

「どうした？」

「あの、申しわけありませんでした！」

咲良は意を決して勢いよく頭を下げた。

「……なに？　なんか……謝るようなミスでもしたのか？」

咲良の勢いに呆気にとられ見上げる晃良は、わけがわからないという顔をしている。

「先ほどの打ち合わせの件です。藤原さんと室長がご友人だとは知らず、生意気な口をきいてしまって申しわけありません。藤原さん、気を悪くされたんじゃないでしょうか」

改めて口に出してみて、新入社員がするような失敗だと今さらながら情けなくなる。こんなことでこれから専務の専属が務まるのかと疑われたとしても仕方がない。

咲良がうなだれて俯《うつむ》いていると、晃良がクスリと小さな笑いを漏らした。

「なんだ、そのことか。別に山口が謝るようなことじゃないだろ。むしろ俺のことが苦手な山口がかばってくれたことが嬉《うれ》しかったんだけど」

ふわりと空気が緩む気配に、咲良は目を見開いた。

「え？」

「おまえ、俺のことチャラチャラしてて苦手だって言ってたじゃん。それなのに藤原に言い返してくれてありがとな」

心底嬉しそうな笑顔を向けられた瞬間、なぜか息苦しくなる。晃良はどちらかと言えば笑顔が多いタイプだし、女性ばかりの職場だから特にその点には気をつけているはずだ。

見慣れているはずの晃良の笑顔になぜか胸がキュッと苦しくなってしまい、咲良は無意識に片手で胸元を押さえた。

「一応あいつにも釘《くぎ》は刺しておいたけど、藤原が食事に誘ってきてもきっぱり断るか無視でいいから。あれが俺だったら『室長には興味がありません！』ぐらい言って断るんだろ？　この前の返事もスルーされてるし」

「……え？」

あれはやっぱり返事が必要だったのだろうか。晃良がなにも言ってこないから、冗談として片付けていいものだと思っていたのに。

「べ、別にスルーしていたわけじゃ……というか！　誰が相手でも藤原さんみたいに誘ってくる方はちゃんとお断りしてます！　今日はちょっと油断してたかもしれませんけど」

藤原は大人の余裕のようなものがあり、なんとなくペースを乱されてしまうのだ。

「あいつには気をつけて欲しいけど、俺の前では油断してもいいぞ。それぐらいの方が、俺が助けてやるチャンスもあるし。男は女のそういう隙を狙ってるんだからさ」

「す、隙って……！」

話が思わぬ方向に転がっていることに気づき、咲良が視線を険しくする。

「そういう冗談はやめてください！　ここは職場で、室長と私は上司と部下です」

なるべく厳しい口調にしたつもりだが、気持ちに反して顔が勝手に赤くなっていくのがわかる。晃良はそんな咲良を見てニヤリと唇を歪《ゆが》めた。

「じゃあさ、俺の恋人になれよ。そうしたら俺が心配してもいいんだろ？」

「……っ！」

またからかわれている。晃良は動揺する咲良を見て面白がっているのだ。

「恋人にはなりませんし、心配していただく必要もありませんから!!　そういうのはセクハラですからね!!」

「どうして？　別に関係を強要しているわけじゃないだろ。俺は独身で恋人もいないんだから健全な申し込みだし」

「前にも言いましたけど、私そういう冗談は嫌いなんです！　そんなだからチャラチャラして見えるし、藤原さんにあんなこと言われるんですよ！　室長は秘書室の顔なんですから、もっときちんとしていただかないと」

思わず声を荒らげると、晃良は苦笑いを浮かべて降参の合図に両手を上げた。

「わかった、わかりました。そんなに怒るなって」

「本当にわかってますか？　他の人たちでも同じですからね！」

謝罪にきたことも忘れて、咲良はプイッと顔をそむける。すると背後からとんでもない言葉が聞こえてきた。

「とりあえず俺は本気だからそれは覚えておけよ。返事も待ってるから」

「な！」

ギョッとして振り返ると、意外にも晃良は笑っていなくて、その真剣な眼差しに怯《ひる》んでしまう。言葉の通り咲良の返事を待っている顔だ。

いつものように茶化すわけでもなく真摯な眼差しを向けられ、咲良は居たたまれなくなる。

「し、失礼します……っ！」

早口でそう告げるのがやっとで、パッと背を向けると背後でわずかに笑う気配がした。

──俺は本気だから。

自席に戻ったものの晃良の先ほどの言葉と真っ直ぐな眼差しがぐるぐると頭の中を回る。それに彼がまだこちらを見ているような気がして顔を上げられない。きっと顔も赤いし、泣きそうな顔をしているはずだ。

晃良は本気で言っているのだろうか。男性としてチャラいとか苦手だとか散々失礼なことを言われたから、今度は咲良をその気にさせてからかってやろうという、一段上手の仕返しだったとしたら？

そこまで考え慌ててその可能性を打ち消す。彼はそんな卑怯《ひきょう》なことをしなくても、女性には困らない人だし、フェミニストタイプの彼がそんなやり方をするはずがない。

では本当の本当に、彼が本気で言っているとしたら……自分はどう答えればいいのだろう。

少し前までなら悩む間もなく断れたはずなのに、今は彼を男性として意識してしまっている。例えば晃良と付き合うことになったら？　そんな想像すら頭をよぎるのだ。

そもそもこの程度のことで彼が気になってしまうのなら、本当に付き合ったら仕事にならない気もする。そして自分から仕事をとったらなにも残らないことも十分わかっていた。

どうして晃良はいきなりあんな難題を持ち出したのだろう。わざわざ仕事に差し支えるようなことを言い出すなんてどうかしている。

あれさえなければ文句なしに尊敬できる上司なのにと思ってしまうのは、自分が厳しすぎるのだろうか。咲良はそう考えながら溜息をついた。

4　唇から伝わるもの

咲良の不安をよそに式典とパーティーの準備は着々と進んでいて、通常業務の合間にあちこちに確認の連絡を入れたり、広報とやりとりをしたり、五月の連休明けからは新人も配属されてその教育にと毎日忙しい。

幸い藤原とはあれ以来電話か社内メールでしか連絡を取っていないので、この前のような返答に困るような冗談を言われてはいなかった。

晃良が注意をしてくれたからか、もともと咲良に興味がなかったからかはわからないが、どちらにしても咲良にとってはありがたい。

専属秘書になってやることが多く、パーティーの準備と共に手に余る仕事を抱えていたこともあり、藤原には申し訳ないが、そういったことに頭を使いたくなかった。

晃良も同じなのか、あれから返事についての言及もなかったし、忙しすぎるからか下見という名の食事のお誘いもパタリと止んでいた。

彼からの誘いがないことにホッとする反面で、少しがっかりというか物足りない気分になる自分が不思議だった。もう忘れてしまえばいいと思うのに、晃良の言葉は指先にいつまでも残る小さな棘《とげ》のように、時折心の中でチクリとして咲良にその存在を思い出させるのだ。

晃良を受け入れたいのか、それとも仕事の上で認められたいだけなのか自分がよくわからない。

正直今まで苦手意識しかなかった相手にものすごい心境の変化だと自分でも思うが、ここ一ヶ月ほど彼と接する機会が増え、改めて彼の仕事ぶりを見ていたら、自分も頑張らなければと思うようになったのだ。

今日も午後からパーティーの会場となるホテルの打ち合わせに同行することになっており、咲良はいつも以上に気合いを入れて準備をしていた。

パーティーの準備に携わるのは初めてだが、秘書室には過去の記録もファイリングされていたし、何度か重役のお供でパーティーにも参加していたから、自分なりに気づいたことや改善点などをまとめたつもりだ。

ホテル側に提示するための紙ベースの資料と自身のタブレットのデータを確認して、晃良と共にオフィスを出た。

新社屋の最寄り駅は虎ノ門で、他にも六本木駅などが利用できる。現オフィスからなら電車で四十分かそこらだ。

これなら横浜方面に住んでいる社員も通勤しやすいだろう。咲良はそんなことを考えながら地下鉄に揺られていた。

パーティーの会場は新社屋から徒歩で五分ほどの老舗ホテルで、支配人とバンケットルームの責任者が出迎えてくれた。

当日使用するバンケットルームを見せてもらい、ドリンクや料理の配置場所、当日のスタッフの動線などを確認する。

あらかじめ相川から渡されていた見取り図で確認はしていたが、頭の中で想像していたよりも広く運動会でもできそうな大きさは、さすが都内で一、二を争う広さのバンケットルームだと咲良は内心舌を巻いた。

「この辺りに受付を設置します。デスクはこのサイズのものを四台と伺っておりますが、当日でも追加はできますので。それからクロークはこちらと、階段の向こう側をご利用いただけます」

担当者の言葉に頷《うなず》いた晃良がこちらを振り返る。

「コートを着る時期ではないし大丈夫か」

咲良は少し考えて頭の中でパーティーの参加人数を思い浮かべる。

「少し手狭ではないでしょうか。パーティーの開催日は梅雨の真っ最中でお天気が読めませんし、式典から流れてくる人は記念品もお持ちですから、案外手荷物が多い気がします」

その言葉に支配人が頷いた。

「では、ウエイティングルームの隣に小さい控え室があるのでそちらを予備のクロークとしてお使いいただいては？　傘などをお預かりするラックやテーブルをご準備できますが」

晃良が答えを促すように咲良に視線を向ける。

「大丈夫だと思います。お見送りの際は混み合うと思いますので、秘書室から応援人員を出します」

「出欠の返答は出揃《でそろ》っているのか？」

「総務から仮のリストは届いています。一部返答が不明の方には現在連絡を差し上げて確認中だそうです。概算ですが同伴者の方も合わせて六百人は超えるのではないでしょうか」

「まあ想定内だな」

晃良は咲良の回答に満足げに頷いた。

そのあとは特に重要なゲスト向けのウエイティングルームや社員の控え室の場所などを確認して、当日の食事やドリンクの詳細を詰めるために、ホテル内のラウンジへと案内された。

老舗ホテルらしくクラシカルで豪奢《ごうしゃ》なシャンデリアが天井を飾り、窓からは都会の真ん中にあるとは思えない緑に溢《あふ》れた庭園が見える。咲良は座るとギュッと音の鳴る革張りのソファーに腰を下ろしながら、辺りに視線を向けた。

平日の昼だからか人はまばらだが、ラウンジの客はマダムという表現がぴったりのエレガントな服装の女性がほとんどで、優雅に友人同士でお茶と会話を楽しんでいる。

同年代の友人とならちょっと気後れしてしまいそうな場所だが、晃良はその雰囲気によく馴染《なじ》んでいて、ゆったりとソファーに腰掛けていた。

スタイルがいいのは以前から気づいていたが、こういう場に自然と馴染めるのはやはり彼の育ちがいいからだろう。毎日一緒にいるから忘れてしまいそうだが、晃良は飯坂インターナショナルの御曹司なのだ。

普段の口調や女子社員に対する軽い態度のせいであまり意識したことはなかったけれど、専務の俊哉と晃良はやはり似ている気がする。

目元や口元といった容姿ももちろんだが、こういった場で見せる雰囲気が似ているのだ。

そんなことを考えていると、ふと咲良の視線に気づいた晃良がわずかに眉を上げる。

「どうした？」

「いえ、室長と専務ってご兄弟なんだなぁって」

「なんだよそれ」

晃良が苦笑するのを見て、咲良も笑いを浮かべる。

「今まであまり気にしたことなかったんですけど、座っている室長見たら似てるかもって」

「なに、やっと俺のかっこよさに気づいたか？」

「そういうのじゃありませんけど」

思わず声をあげてクスクスと笑いを漏らしたところで、支配人と担当者が姿を見せた。

「お待たせいたしました」

すぐにコーヒーが運ばれてきて、晃良との会話はそこで途切れてしまったが、咲良はいつのまにか軽口にも気負わずに返せるようになっている自分に驚いていた。

少し前なら冗談を言うなと怒っていたのに、今はこの会話を面白いと思っている自分がいる。今まで自分が過剰に反応しすぎていたことが恥ずかしいぐらいだ。

そのあとの打ち合わせも咲良が準備してきた資料のおかげでスムーズに進み、小一時間ほどで終了した。

「関係者の皆様で前泊される方はいらっしゃいますか？」

支配人の提案に頷いた晃良は、咲良に視線を向ける。

「前日の設営があるし、秘書室《うち》と広報、総務で何部屋か頼んどくか。俺とおまえは確実に前泊だし」

「私も、ですか？」

「その方が楽だろ。当日は朝早くから待機しないといけないし、泊まった方が寝坊できるぞ」

最後の言葉はからかうように言った。

「あとからキャンセルも可能ですよね？」

「当ホテルでは宿泊の場合一週間前からキャンセル料が発生いたしますので、それまでにご連絡いただければ。この時期ですと混み合っておりますので、追加のお部屋はお取りできない場合もございますのでご了承ください」

「じゃあ、とりあえず十部屋ぐらいか」

「シングルルームはございませんので、お一人様でもスーペリアルームのダブルかツインをお使いいただくことになりますね。またはファミリールームを数人でご利用いただくとか」

「なるほど、そういう使い方もありですね。では宿泊人数が決まりましたら改めてご連絡差し上げます。山口、あとで広報と総務に宿泊希望があるか確認しといてくれ」

「はい」

打ち合わせはそれで終了で、咲良たちは支配人にロビーまで見送られながらホテルをあとにした。

あとは会社に戻るだけで、咲良は地下鉄の入口まで戻ってきて、来るときには背後にあって気づかなかった真新しいビルを見上げた。

「新社屋ってあれですよね？」

咲良の問いに、晃良は驚いたように眉を上げた。

「なに？　山口、新社屋まだ入ったことなかった？　見学会も参加してないのか？」

「はい。この間の見学会のときは専務のお供で出かけてたんです」

「なんだ、じゃあちょっと寄っていこうぜ」

「え？　いいんですか？」

晃良の提案に、咲良は一瞬喜んでからこのあとのスケジュールを頭の中に思い浮かべた。

いくら打ち合わせが早く終わったとはいえ、これから会社に戻ったらすぐ退社時間になる。晃良だってまだ仕事が残っているはずだ。

「山口がしっかり準備しておいてくれたから打ち合わせも短時間で済んだし、ちょっとぐらいいいだろ。それにこれでも社長の息子だから顔パスで入れるぞ」

冗談めかして笑う晃良に誘われ、咲良も思わずクスクスと笑い声を上げた。

「じゃあ案内お願いします！」

「ああ、任せろ」

晃良は子どものように得意げな顔で先に立って歩き出す。そのあとを追う咲良の足取りも軽かった。

彼と一緒にいることが楽しくて、それが自然に感じられたからだ。いつもこんなふうに意識しないでいられれば、晃良と一緒に仕事をするのも悪くない。

新社屋の一階にはコンビニエンスストアとシアトル系コーヒーショップが入っていて、すでに営業を始めている。自社ビルと言ってもいくつかのフロアは関連企業や自社の別事業の会社にも貸し出すことになっており、みなとみらいの現在の会社よりかなり大きなビルだ。

咲良は改めて立地を確認して、この辺りはファッションビルや飲食店も多いから、昼食には困らなさそうだと思った。

「ランチタイムはあっちの広場にキッチンカーも来てたぞ」

咲良の考えていたことを読んだように晃良が言った。

「こっちだ」

晃良はエレベーターホールに立っていた警備員に社員証を見せると、咲良を手招きした。まだ内装工事中のフロアもあったが、秘書室はすでにデスクや椅子、キャビネットなどの大きなオフィス用品も運び込まれている。

造りは現在のオフィスに似ていて、ガラス張りのパーティションで仕切られたミーティングルームがあり、それとは別に目隠しになる白いパーティションで仕切られた面談ブースがふたつ増えていた。中を覗《のぞ》いてみると四人程度の少人数の打ち合わせに使える場所になっているようだ。

フリーアドレスタイプのオフィスがどんなものか話だけではいまいち想像できなかったが、仕切りのない大きなテーブルがいくつか置かれているのを見て、咲良はなんだか島のようだと思った。

今まで定位置で仕事をしてきたのに、毎日好きな場所で仕事をしてもいいなんて不思議な感じだ。きっと自分だったら慣れなくて、いつも同じ場所を選んでしまう気がする。

横に長い腰高窓にはロールカーテンがついていたが、今はすべて巻き上がっていて景色がよく見える。

窓の外はまだ明るく地上は人で賑《にぎ》わっているが、日没の後は夜景が綺麗《きれい》に見えそうだ。

咲良は窓に近付いて晃良を振り返った。

「今度の社屋は東京タワーがばっちり見えるんですね。夜は綺麗ですね、きっと」

すると晃良が笑いながら窓辺に近付いてきて、咲良を真似て東京タワーを見た。

「東京タワーは日没の時間に点灯するって知ってるか?」

「へえ。じゃあ毎日点灯する時間が微妙にずれていくんですね」

「この景色に慣れるまでしばらくかかりそうだな」

「ですね」

いつかはこの景色に見慣れるときがくるはずだが、その時は四年も見続けた横浜のオフィスからの景色を懐かしく思い出すだろう。

「そういえば山口はどこに住んでるんだっけ?」

窓に貼りつくようにして眺望を楽しんでいた咲良に晃良が尋ねた。

「三軒茶屋です。だから会社が引っ越したら少し近くなりますね」

就職したばかりの頃は実家に住んでいたのだが、東京でも東の端から毎日横浜まで通うのは大変だし、飲み会などで遅くなったときに母親が口うるさく干渉してくるので、思いきって一人暮らしを始めたのだ。

「ふーん。俺も都内に引っ越そうかな」

「今はご実家ですか?」

初めて聞く晃良のプライベートに、咲良は興味津々で耳を傾けた。

「ん。でも兄貴夫婦もいるし、弟もさっさと一人暮らししてるから肩身が狭いんだ。通勤に楽だから住んでいるようなもんだしな~」

「そんなに近いんですか?」

「山手町って知ってる？　昔からの古い家とか女子校とかがあるエリアなんだけど、坂道が多くてメチャクチャ不便なんだ。それがなければチャリで通勤できるぐらいなんだけどさ」

晃良の言う古い家というのはよくテレビに出てくるような古い洋館とかそういった歴史のある建物のことだろう。確かテレビで横浜には明治時代に西洋の外交官が住んでいた邸宅が今も残る歴史地区があると言っていたのを聞いたことがある。要するに高級住宅街だ。

「うちが不動産事業の別会社をやってるのは知ってるよな？　今度このビルにも引っ越してくるし」

突然変わった話題に、咲良は意図がわからず頷いた。

「ええ。都内のマンションとか扱われていますよね。あと、後期高齢者向け介護住宅とか」

「そう。その関係で親が都内にいくつか部屋を持ってるから、実はその辺を狙ってるんだ。藤原に言わせればいつまで親の臑《すね》をかじるんだって話になるんだろうけど」

晃良は自嘲するような笑みを浮かべたが、彼が言うと決して親の臑をかじっているようには聞こえない。

これで彼が自分の境遇にあぐらを掻《か》いて仕事をしないバカ息子だったら、咲良もそう思っただろう。しかし彼は自分の境遇や親のことなど鼻にかけず真摯に仕事に向き合っている。

それよりも、親が都内にいくつか部屋を持っていると当たり前のように言えるところが、さすが御曹司だと少しうらやましい。

「いいじゃないですか、便利なら。どうせならなるべく会社に近い物件にした方がいいですよ。室長は仕事も多いんですから、身体を休めないと」

「年寄りみたいな言われようだな。でもさ、あんまり近いとすぐ会社に顔を出しちゃいそうだろ」

「うーん、それも一理ありますね」

晃良のことだから、会社の近くに住んでいたら急な呼び出しにもすぐ対応してしまいそうだ。

「じゃあ引っ越したのは会社に内緒にしておくとか」

「なんだよそれ」

咲良の提案に晃良はひとしきり笑って、それから改まったように言った。

「それにさ、どうせ家を出るなら恋人と住めるような、広い部屋がいいんだけど」

突然真顔で見つめられて、規則正しく刻んでいた鼓動が少し揺れた気がした。

プライベートで一緒に暮らしたい人がいるからこそ出てくる言葉だ。

確かに晃良は三十二歳になるし、年齢的にも本気で将来を考える女性がいてもおかしくない。咲良はもしかしてそれが自分であるとは考えもせず、その相手を想像して胸が苦しくなった。

「い、いい部屋があるといいですね」

これ以上晃良のプライベートを知るのが嫌で、咲良が当たり障りのない言葉でこの話を終わらせようとしたときだった。

「一緒に住む？」

晃良の唇からぽろりと零れるように出てきた言葉に、咲良は自分の耳を疑った。

「……は？」

辛うじて出てきたのはそれだけで、一気に頭に血が上ってしまいなにも考えられない。

彼特有のジョークだ。目の前に咲良しかいないから言っただけで、他の女性が一緒にいれば、その人にも同じことを言ったはずだ。早く笑い飛ばさなければ、冗談が気まずい空気に変わってしまう。

「俺、好きな女とはできるだけ一緒にいたいんだよね」

漆黒の艶のある瞳で真っ直ぐに見つめられ、咲良は固まったまま今度こそなにも言えなくなった。

「あ、あの……わた……し……」

なにを言おうとしているのか自分でもわからない。でも言葉にしなければ、なにかが壊れてしまうような気がした。

「わた……きゃっ」

晃良がいきなり咲良のウエストに手を回すとヒョイッと身体を持ち上げて、腰高窓の枠の部分に咲良を座らせた。

窓枠はちょうど晃良の腰の辺りの高さで、並んで立っているときよりも顔が近い。どうしていきなり？　そう思った次の瞬間、晃良は咲良を囲うように窓枠に両手をついて顔を覗き込んできた。

「……っ！」

「急にこの間の返事が聞きたくなった」

なんの前触れもなくそんなことを言われても困る。もしかしたらずっと晃良からのサインは出ていたのかもしれないが、咲良にとっては突然の出来事だった。

「ち、近いです……！」

少しでも離れようと背を仰け反らせると、トンとガラス窓に背中がぶつかる。

「答えは？」

晃良の瞳の奥でなにかが閃《ひらめ》く。彼の胸の奥で燃えている小さな炎を垣間見た気がして、咲良は小さく息を呑《の》む。

間違ったことを口にしたら許さない。そう言われている気がしてなにも言うことができなかった。

この間の夜エスカレーターで見つめ合ったときよりも近い距離は、お互いの息すら肌に触れてしまいそうだ。

「……あの……えっと……」

セクハラだとか仕事中だからとか、いくらでも晃良を止める言葉があるはずなのに、頭の中は霧でもかかったように真っ白になってしまいなにも考えられない。

そんな咲良を見て、晃良の形の良い唇がフッと笑みの形になる。

「じゃあさ、今すぐ答えが出せないなら……お試しは？」

「……え？」

「デートとかキスとかしてみてから決めてよ。俺ちゃんと山口を喜ばせられるように頑張るからチャンスが欲しい」

「お試し……ですか？」

確かに恋愛でお試しができるならお互い傷つかなくていい。最初からこの人と決めることができないから、咲良はこれまで恋愛に二の足を踏んできた部分があるからだ。

しかし上司とお試しで付き合うなど、社内的に問題ないのだろうか。咲良たちの会社は社内恋愛が禁止というわけではないので、誰かに知られたとしても問題ないが仕事がやりにくくならないか心配だ。

そこまで考えて、晃良の提案を前向きに考えている自分に驚く。

突拍子もない提案だというのに、一瞬悪くないかもと思ってしまった打算的な自分が恥ずかしい。恋愛にお試しもなにもないのに。

とりあえず適当に言葉を濁してこの窮地から抜け出すのが先決だ。少しずつ冷静さを取り戻してきた咲良は、なんとか答えをぼかす言葉を考え出す。

「じゃあ……そういうことなら」

──考えてみます。咲良がそう言おうとした唇は、一瞬早く晃良の唇で塞がれていた。

「んぅ！」

押しつけられた唇は一度離れて、それからすぐに最初のときよりも深く咲良の唇を覆う。生温かい濡《ぬ》れた感触に驚いて目を見開くと、晃良がさらに顔を寄せてきて背中と頭が窓ガラスに押しつけられる。

「ん、ふ……！　んん……っ……」

突然のことで逃げ場もなく戸惑う咲良の身体を、さらに窓ガラスに追い詰めるように口づけは熱を帯びていく。男性にこんなふうにキスをされるのは初めてでどうしていいのかわからない。

するとギュッと唇を引き結んでいた咲良の唇を、晃良がペロリと舐《な》めた。

「口、開けて。ほら」

「……っ」

晃良は一瞬咲良の顔を覗き込んだあと、今度は耳朶《みみたぶ》をペロリと舐める。咲良はなんとも言えない刺激に、思わずあられもない声を漏らしてしまった。

「ひぁん！」

すかさず口づけると、晃良は開いた唇の間に自身の熱い舌を滑り込ませた。濡れた口腔《こうこう》の中に自分以外の体温を感じて、背筋にぞくりとしたものが駆け抜ける。

「んっふぅ……」

抵抗できなくなった咲良の口の中で舌が動き回り、熱い吐息が口づけと一緒に注ぎ込まれる。まだ自分に起きていることが信じられない咲良は、擦れ合う粘膜の刺激に目を潤ませて晃良に身を任せることしかできなかった。

「は……ぁ……ん……」

唇が解放されたとき、咲良の唇から零れたのは自分でも信じられないぐらい甘ったるい、感極まった吐息だった。

驚いて唇を覆うと、窓ガラスに身体を預けたままの咲良に、晃良が満足げな笑みを向けた。

「……っ」

いつの間にか外は夕暮れに近づいていて、太陽が赤みを帯び始めている。キスをしていたのがどれぐらいの時間だったのかもわからないのに、晃良と過ごした何年もの時間よりも、この一瞬があっという間にふたりの距離を縮めてしまった。

「どう……俺との同棲《どうせい》、考えて見る気になった？」

「……は？」

「さっき言っただろ、一緒に住まないかって。一緒に暮らしたら、キスだけじゃなくてあーんなことやこーんなこともして山口を可愛がってやれるんだけどなぁ」

「ば、馬鹿なこと言わないでくださいっ……！」

もしかしてさっきの恋人と住みたいという話は、咲良に向かって言ったのだろうか？

今頃その言葉の意味に気づいた咲良は真っ赤になった。

すでにキスだけでキャパシティがいっぱいなのに、一緒に暮らすとかもう異次元の世界の話だ。思考が追いつかず呆然《ぼうぜん》とする咲良を見て、晃良がククッと声を上げて笑い出した。

「おまえ……すごく間の抜けた顔してるぞ」

「……なっ！」

自分がどんな顔をしているかわからないが、晃良を喜ばせていると思うと恥ずかしくてたまらない。

そして晃良は真っ赤になった咲良に手を伸ばすと、大きな手でクシャクシャッと頭を撫でた。

「とりあえず同棲の件は宿題な」

「……っ」

「それとも、今すぐ俺と同棲してくれるつもりだった？」

からかうように顔を覗き込まれて慌てて首を横に振る。

「ち、違います……っ！」

これではまるで咲良が同棲するか悩んで返事に困っているみたいだ。そもそも付き合ってもいないのに同棲を言い出すなんて、一般常識で対応できるはずがない。

「も、もう！　くだらないこと言わないでください！　こっちは真剣に……！」

そこまで言って慌てて口を噤《つぐ》む。こんなことを言ったら、彼の言葉に真剣に悩んでいたことに気づかれてしまう。しかし嬉《うれ》しそうに晃良の唇が緩むのを見て、遅かったことに気づく。

突然のキスのショックにまるで告白でもしてしまったような面映ゆさ、それにニヤニヤとこちらを見つめる晃良の視線も辛くて、咲良は彼を押しのけて窓枠から飛び降りた。

「もぉ帰ります……っ！」

咲良は自分の気持ちを振り払うように、強い口調で言い捨てると先に立って出口へと向かう。

自分はキスひとつで余計なことを口にしてしまうほど動揺しているのに、顔色ひとつ変えない晃良が憎らしい。きっと彼にとってはたくさんのキスのうちのひとつで、少ししたら忘れてしまうような程度のものなのだ。

足早にエレベーターに向かおうとする咲良の手を追いかけてきた晃良が摑《つか》む。

「待てって！」

「離してください！」

「悪かった！　反省してるから止まってくれ！」

晃良の懇願するような声に、咲良は仕方なく足を止めた。でもまだ咲良の中にふつふつとした怒りと、初めてのキスへの羞恥がくすぶっていて、素直に振り向くことができない。

「……なんですか？」

咲良は晃良に背を向けたまま硬い口調で言った。

どうしてこんな子どもの喧嘩《けんか》のような態度しか取れないのだろう。晃良は上司なのだから、仕事だと割り切って対応すればいい。

そう考えて、普通の上司はいきなりキスなんてしてこないと思い直す。こうして晃良に対して不快感を表すのは自分の当然の権利なのだ。きっと彼は今までもこうやって女性の気持ちを振り回してきたのだ。なんて罪作りな男なんだろう。

「いきなりキスなんかして悪かった」

「……」

「俺、山口のこと好きだし、彼女にしたいと思ってる」

晃良に掴まれた手首が熱い。触れている場所から毒でも流し込まれたかのように痺《しび》れてしまって、振り払うことができなかった。

「山口にキスをしたのは軽い気持ちじゃない。それから一緒に住まないかって言うのも本気。お試しって理由をつけてでも一緒にいたいって言ったらわかってもらえるか？」

晃良が軽い気持ちで言っているわけではないことは、本当はもうずいぶん前から感じていた。

でも彼は女性なら誰にでも優しいからとか、チャラチャラしているからと理由をつけてその言葉を信じないようにしてきたのだ。

でも今のキスで、あやふやにしておきたかった晃良の気持ちをはっきりとつきつけられてしまった。この先どうするのか、白黒はっきりさせる選択権は咲良の手に委ねられた。

晃良が本気なはずがないと意識的にそう思い込もうとしていたのに、一瞬で現実になってしまったことが怖い。

ここまではっきりと好意を表されたら、大人としてまったく無視することができないことぐらいわかっている。それでも答えが見つからないのだ。

「あの……会社に戻らないと……」

とにかく今はこの場から逃げ出したい一心で咲良は苦し紛れにそう口にした。するともっと食い下がるかと思っていた晃良は、パッと手首を離す。

「ああ、それなら今日は直帰でいいから。俺はもう一カ所顔を出していくところがあるけど、山口はこのまま帰れ。会社にはもう連絡を入れたから」

「……え？」

晃良から意図的に顔を背けていたことも忘れて、パッと視線をあげた。いつの間に秘書室に連絡を入れていたのだろう。

「で、でもまだ仕事が」

「いいから今日は帰れ。こんなことでもなけりゃ、明るいうちに家に帰れないだろ」

「そ、それはそうなんですけど……」

晃良の提案は嬉しいが、まだみんながオフィスにいる時間だし、なにより今日は昼から外出していたから仕事が残っているのだ。今日中でなくても大丈夫な仕事だが、翌日に残しておくのが嫌だった。

「ていうか、おまえ最近残業多過ぎだぞ。IDカードのタイムスタンプを見てびっくりした」

「あ、あれは……いつもってわけじゃ」

飯坂インターナショナルではオフィスへ入室する際のIDカードの記録がすべてコンピューター上にデータとして記録されている。そこで出欠や遅刻を管理しているのだ。

上司がそのデータを確認して管理部に回すから、その時に咲良のデータを確認したのだろう。

「まだ担当が変わったばかりで、色々やることが多いんですよ。ほらパーティーの準備もあるし、今日の打ち合わせの報告書だって」

咲良のいいわけを遮るように晃良が大きく溜息《ためいき》をついた。

「それはわかってる。山口には負担をかけて申し訳ないと思ってるけど、ひとりで仕事を抱えすぎだ。なんのために専属の下に人をつけてチームにしているか考えてみろ。業務を分担するためだぞ」

「……それはわかってます。じゃあせめて今日の報告書だけでも」

「いいからおまえは帰れ。あれこれ抱えすぎるとミスが増えるだけだ。どうせ報告書だけって言いながら、会社に帰ったらあれこれ手を出して遅くなるだろ」

「……」

晃良の言う通りなので返す言葉もない。

「俺たちはさ、ＡＩとかコンピューターじゃないんだから、なんでも完璧にやろうとするな。さっき電話したら高垣もおまえの仕事量を心配していたぞ。チームリーダーがテンパってたら、チームのパフォーマンスも下がるんだ」

確かに専属の仕事もパーティーの準備も完璧にこなしたくて、張り切りすぎていたことは否めない。自分ではまだ大丈夫だと思っていたが、周りからは危うく見えていたのだろう。

「……ご心配をおかけしてすみませんでした」

咲良は素直に頭を下げた。

「なんだよ。殊勝な山口なんて少し怖いな」

言葉と共に頭の上にポン、と大きな手が乗る。驚いて視線をあげると、柔らかな光を浮かべた瞳がゆっくりと細められ、温かな手が咲良の髪をくしゃりと乱した。

「……っ」

晃良の優しい眼差しと伝わってくる体温に心臓の音が大きくなる。男の人にこんなことをされるのは幼い頃の父親を除けば初めてで、まるで小さな子どもをあやすような仕草に、さすがの咲良もどう反応していいのかわからない。しかもその手を心地いいと感じている自分に驚く。

呆然とする咲良に気づいた晃良が、慌てて手を引いた。

「またセクハラだって……言いたいのか？」

叱られた子犬のような眼差しで見つめられ、気持ちが緩んだ咲良は仕方なく肩を竦《すく》めた。

さっき同意もとらずに濃厚なキスをしてきた人の台詞とは思えない。

「……ぶ、部下をねぎらったということで、今のはセーフでいいと思います。でも他の子に同じことをしたら嫌がられる可能性もありますからダメですよ。室長はいつもセクハラギリギリなんですから」

「わかった、気をつける」

理屈めいた小言のような言葉なのに、晃良が嬉しそうにうなずいた。そしてその笑顔を見てなぜか胸がきゅうっと苦しくなるのを感じた。

どうして晃良の笑顔で胸が痛くなるのだろう。その理由を本当は気づいているのに、気づきたくない。

「よし、じゃあ帰るか」

先ほどの続きを蒸し返すつもりはないのか、一足早く歩き出した晃良の背中を見つめて、咲良はホッとしたが、またすぐに不安が押し寄せてくる。

いつまでもこうやって晃良の優しさに甘えてうやむやにしていていいはずがない。きっぱりと断れないのは自分の気持ちが晃良に傾いているからで、そのせいでこんなにグダグダと思い悩んでしまうのだ。

晃良が咲良のことを揺れていると言ったが、今の気持ちはまさにその通りだ。それどころか真っ暗な嵐の海で小舟に乗っているのではないかというほどぐらんぐらんと気持ちが揺れて、周りは真っ暗で光が見えないのだ。

しかし彼の気持ちをいい加減に考えているわけではないことだけは伝えたかった。

エレベーターで一階まで降りると、晃良はビルの外に出たところで立ち止まった。

「俺はこのまま上に戻って重役フロアの内装の確認をしてから帰るから、山口は先に帰れ。お疲れさん」

そう言って再びエレベーターの方に足を向ける。寄るところがあるというのは、社屋の中だったらしい。わざわざ咲良を下まで見送りに来てくれたようだ。

咲良はすぐに行ってしまいそうな晃良を慌てて呼び止めた。

「あの！　今日はありがとうございました」

「お礼を言われるようなことなんてなにもしてない。ちゃんと食って寝ろよ」

まるで子どもにでも注意するような言葉に、咲良は無意識にクスクスと笑いがこみ上げてくる。

「はい。ちゃんと食って寝ます」

さっきまで頭の中でモヤモヤしていた霧が、晃良の言葉でパッと晴れていくような気がした。

晃良はすでにこの気持ちに気づいているのかもしれない。

「あと……」

小さく呟《つぶや》いた咲良に晃良が問いかけるような眼差しを向けた。

「あと……ちゃんと、考えますから」

「うん？」

言葉の意味を図りきれない晃良がわずかに眉を寄せる。

「室長のこと、その……き、嫌いじゃないんです。でも今まで、そういうことちゃんと考えたくなくて……こ、これからはちゃんと考えますから」

「……」

「だから……あと少し、時間をいただけませんか」

これが今咲良に言える精一杯だ。チャラチャラした男性は嫌いだけれど、晃良は嫌いではない。でもまだこの気持ちは〝好き〟という特別な言葉で表してはいけないような気がした。

その咲良の精一杯が伝わったのだろう。晃良は一瞬目を見開き、それから嬉しそうに唇の両端を吊《つ》り上げた。

「これって俺たちの関係に進展があったって思っていいのかな。それに……そんなこと言われたらめちゃくちゃ期待するけど」

さすがに〝期待していいですよ〟とまで、思わせぶりなことも言えない。

「と、とりあえずそういうことで……お、お疲れさまでした！」

咲良は早口でそう言い捨てると、晃良の返事を待たずにさっと背を向けて歩き出した。

あんな言い方は思わせぶりだっただろうか。

5　揺れる想い

いよいよパーティーの前日となり、咲良は秘書室のスタッフと一緒にホテル入りしていた。

この日晃良は新社屋と会場のホテルを行き来して両方を監督することになっており、お互い忙しくて朝から一度も顔を合わせていなかった。

代わりと言っては失礼だがホテル設営組に広報から相川が加わっていて、秘書室の後輩たちと意気投合し盛り上がっている。

咲良はその様子を見ながら、男性社員はこうやって女性の気を引くのだと、呆《あき》れ半分尊敬半分の気持ちで話に耳を傾けていた。

「えーみんな泊まりじゃないの？　一緒にラウンジで一杯やろうと思ったのに」

「私たちは受付とクロークのお手伝いなんで、朝はそんなに早く来なくていいんですよ。うちは室長と山口さんが泊まりのはずですけど」

「それは聞いてるけどさぁ、山口さんはお酒に付き合ってくれなさそうだし」

相川がちらりと期待の眼差しを向けてきたが、咲良は笑いながら首を横に振った。

「ダメですよ。明日があるんですから。終わってから打ち上げをすればいいじゃないですか」

「じゃあ山口さんセッティングしてよ。僕、全力でスケジュール合わせるからさ！　みんなも行きたいよね！」

チラリと後輩たちの様子を窺《うかが》うと、満更でもなさそうな雰囲気だ。それにこうやって同僚の前で名指しされてしまうと、無下にあしらえない。

「わかりました。引っ越しでしばらくはバタバタしてますけど、落ち着いたらお声かけますね」

「やった。秘書室の美女たちと飲み会だ！」

相川が大袈裟《おおげさ》に喜ぶのを見て後輩たちが面白そうな顔をする。

「他には誰を呼びます？　秘書室だけじゃ女子の比率が高くなるじゃないですか」

後輩のひとりからそんな声があがる。

「えー俺はみんなに囲まれたら気分いいけど」

「そんなのズルイですよ。じゃあ相川さんのお友達も呼んでください」

「いいよ。俺の同期呼ぼうか」

「いいですね！」

そうなるともはや打ち上げではなく合コンだと思ったが、みんなが盛り上がっているので咲良はなにも言わないでおくことにした。

晃良が不在の今はパーティー会場の責任者としてあちこちから呼ばれたり、招待客に配る挨拶状や式次第が印刷会社から届いたり、当日の記念品に不備がないかなど確認することは山ほどある。

「山口さん、ちょっといいですか？」

「咲良ちゃん、この名簿なんだけど」

移動するたびに声をかけられ、丁寧に、しかも時間を無駄にしないよう的確な返事を出すのに忙しく、相川との会話にいつまでも付き合ってはいられなかった。

式典会場にいた晃良がバンケットホールに姿を見せたのは、午後もずいぶん遅くなってからだった。

「みんなお疲れさま」

そう言って現れた晃良の両手にはたくさんの紙袋が握られている。たしかあれは近くのファッションビルにある有名な洋菓子店の紙袋だ。

「これ、差し入れな。控え室に置いておくから休憩のときに食べてくれ」

「ありがとうございます！」

後輩たちが大喜びで紙袋を受け取り、控え室へと運んでいく。

「定時になったら、終わったやつから俺たちを待たず帰って構わないって、他の奴らにも伝えといてくれ」

「はーい」

晃良が姿を見せたとたん全体がピリッとした空気に変わった気がして、咲良はホッとした。

明日が本番という日になって今さらだが、会場責任者という役にプレッシャーを感じていたので、こうして晃良が姿を見せてくれると少し気が楽になる。

「おつかれ」

晃良が咲良の方に一歩踏み出しながら言った。

「お疲れさまです」

「こっちは順調か？」

「今のところは大丈夫だと思います。相川さんもこちらを手伝ってくれていますし。式典会場の方はどうですか？」

「今リハーサル中で藤原がついてるからこっちの様子を見に来たんだ。司会に呼んでるフリーアナウンサーいるだろ。どうやらあいつのお気に入りらしくてさ」

咲良は今回司会を依頼している女性の顔を思い浮かべた。

「ああ、可愛らしい感じの人ですよね。藤原さんってああいう人がタイプなんですか」

「まあ俺が知っている限りあいつの歴代の彼女は顔だけは可愛かったな」

高校からの友人だとは聞いたが、彼女の顔まで知っているということはかなり深い付き合いの友人なのだろう。

「仲がいいんですね」

「腐れ縁だ」

そう言って笑った晃良は、決して嫌そうではない。藤原との友人関係を気に入っているのだ。

「順調そうで良かった」

晃良がバンケットホールの扉を押し、中を覗《のぞ》き込みながら言った。

「なにかあったら電話しろとは言ってあったけど、おまえギリギリまで自分でなんとかしようとして連絡してこなさそうだから」

そう言って笑った晃良の顔は少しがっかりしているように見える。もしかして、進捗を知らせた方が良かったのだろうか。

「れ、連絡した方が良かったですか？」

「いや〝亭主元気で留守がいい〟って言うしな。俺の留守を山口が預かってくれたんだろ？」

信頼していると言いたいのだろうが、例えがおかしい。それでは晃良が咲良の夫ということになってしまう。

「それを言うなら〝便りがないのはいい便り〟の方がいいと思いますけど」

「そうだっけ？」

晃良があっけらかんとした顔で笑うのを見て、咲良も自然と笑顔になった。

「そういえば、もう部屋に荷物入れたのか？」

「はい」

先ほどホテルの人が部屋の清掃が終わったので、フロントに預けてあった荷物を部屋に入れておきますと案内してくれ、休憩の合間に確認してきたばかりだ。

「すごく素敵なツインルームでした。どっちのベッドで寝ようか迷っちゃいますね」

都内屈指の老舗ホテルというだけあって、スーペリアルームと言っても豪華で、とても過ごしやすそうな部屋だった。

「仕事だとしてもひとりで泊まるなんてもったいないです」

「それなら俺の部屋に泊まってもいいぞ。ダブルルームだけどベッドはキングサイズだったから、少しぐらい寝相が悪くても大丈夫だし」

「な、なに言って……！」

咲良は思わず誰かに聞かれなかったか、周りを見回してしまった。

幸い他のスタッフは少し離れた場所で作業していて、ふたりの会話は届かないことにホッと胸を撫《な》で下ろす。

先日のキス以来、咲良の気持ちを慮ってくれているのか、それとも仕事が忙しいのか際どいことを言われていなかったので、久々にドキドキしてしまう。

しかも一瞬だけベッドにふたりで横たわる姿を想像してしまい、咲良は慌ててその淫らな想像を頭から追い払った。

「そういう冗談はセクハラだって、何度言ったらわかるんですか！」

「本気で口説いてるんだからセクハラじゃないだろ」

「し、仕事中です！」

「じゃあ仕事時間外に口説くことにする」

「もう知りません……っ！」

咲良は早口で言うと、くるりと晃良に背を向けた。

どうして晃良に口説くような言葉を囁《ささや》かれると、過剰に反応してしまうのだろう。これが藤原相手ならドキリとしてもちゃんと誘いを躱《かわ》すことができるのに、晃良相手だとまるで女子高生のような子どもっぽい反応をしてしまう。

いや、もしかしたら最近の女子高生の方がもっと進んでいるかもしれない。思わずそう落ち込んだ咲良の背を晃良の声が追いかけてくる。

「向こうのリハーサルが終わったら俺もあがるから、一緒にメシ食おう。部屋で待ってろ。終わったら連絡するから」

――これは仕事だ。

そうわかっているのに食事に誘われ嬉《うれ》しいと感じてしまう自分が悔しい。なぜそう思ってしまうのか知るのが怖い。

咲良は今にも胸の奥から溢《あふ》れてきそうな感情に、急いで蓋をした。

「山口？」

もう一度名前を呼ばれ、咲良は仕方なく振り返る。

「わかりました。でもなるはやでお願いしますね。私、すっごくお腹空いてるんです」

先ほどのつれない態度を補うように、なるべくおどけて見えるように言った。その咲良の意図に気づいたのか、晃良の唇が優しく緩む。

「了解。うまいもの食わせてやるから待ってろ」

ドキリとするような優しい目で咲良を見つめると再び式典会場へと戻っていった。

バンケットホールの準備は順調で、咲良は定時で帰宅する同僚たちを見送ってから、新社屋の一階に入っているカフェに向かった。

アイスコーヒーやカフェラテなどを数人分テイクアウトにしてもらい式典会場に向かうと、ちょうどリハーサルが終わったところのようで、ステージの上には司会の女性と晃良、藤原が台本を手に何やら打ち合わせをしていた。

咲良が少し迷って、音響スタッフが動き回る間を縫ってステージに近づくと、ふと視線をあげた晃良が咲良を見つけ、驚いたように眉を上げた。

「お疲れさまです」

「おう、どうした？」

そう言って笑った晃良の顔がいつもより優しく見えてドキリとする。さっき久しぶりに食事に誘われたせいで、晃良を変に意識してしまい、咲良は慌てて唇の端を引き上げた。

「む、向こうはもう解散したので差し入れです。いろいろ買ってきたのでよろしければ皆さんでどうぞ」

カフェの紙袋をかかげて見せると、それに反応した藤原が近づいてきて紙袋を受け取った。

「さすが咲良ちゃん、気が利く～。ちょうど飲み物を買いに行こうと思ってたんだ。大澤《おおさわ》さんもどうぞ！」

そう言って司会の女性にも手招きをする。

「ありがとうございます」

わらわらと他のスタッフも集まってきて、すぐに紙袋の中身は空になった。

「咲良ちゃん、今日泊まりでしょ。このあと食事でもどう？　相川も呼ぶし、晃良も来るだろ？」

最後に咲良からアイスコーヒーを受け取った藤原が言った。

「あ……えっと」

さっき晃良が言った食事をしようというのは、泊まりのスタッフで一緒にという意味だったらしい。自分の早とちりに気づき、咲良が赤くなったときだった。

「俺と山口はこれから専務と打ち合わせだ」

晃良の言葉に、藤原があからさまにがっかりした顔になる。

「残念。せっかく泊まりだから仲良くなれると思ったのに。まだ仕事か～秘書室も大変だね」

「え……ええ、まあ」

とっさに晃良に合わせるように頷《うなず》くと、藤原は仕方なさそうに肩を竦《すく》めた。

「じゃあ咲良ちゃんとの食事は打ち上げまで我慢するか」

「すみません」

「いいって、いいって。咲良ちゃんが悪いんじゃないでしょ」

藤原はそう言って微笑んで、甘さを含んだ眼差しで咲良を見つめた。色気のある大人の眼差しに一瞬怯《ひる》むが、晃良が相手のときと違い、それでドキドキして赤くなってしまうことはない。

やはり自分にとって晃良は特別な存在らしい。そう考えながら咲良が藤原に儀礼的な笑みを返したときだった。

「山口」

視界を遮るように晃良が目の前に割って入る。驚いて見上げた顔はなぜか怒っているように見えた。

「おまえ、もういいからホテルに戻ってろ。こっち終わったら連絡するから」

仕事の邪魔だと言いたげな口調に、咲良はしゅんとして頭を下げた。

「あ……はい。お邪魔してすみませんでした」

「おい、せっかく差し入れ持ってきてくれたのにそんな言い方するなよ。ごめんね、咲良ちゃん。コーヒーありがとう」

藤原が慌ててフォローをしてくれたが、晃良の言葉に動揺していた咲良は、その言葉にもろくに頷けない。

「いえ……失礼します」

咲良は藤原の顔を見ずに頭を下げると、その場から逃げ出すようにサッと背を向けた。

さっさと差し入れだけして帰ればよかったのに余計なおしゃべりで邪魔をしたから怒ったのだろう。晃良にあんなふうに注意をされたのは初めてで、そのショックに咲良は足早に新社屋の外に出た。

ちょうど夕暮れどきで、逃げるように部屋に戻った咲良は客室の窓から見えるピンク色に染まった空を見つめた。

ふと、先日晃良と新社屋の窓から夜景が綺麗《きれい》に見えるだろうという話をしたことを思い出しながら、ベッドの上に寝転がる。

落ち着いてくると、今さらながら晃良に注意されたことが理不尽に感じられてきた。

打ち合わせの場だったという理由は理解できるが、話しかけてきたのは藤原だし、そんなに長い時間話していたわけではない。あそこまで不機嫌にならなくていいのにと、咲良は深く息を吐きながら目を閉じた。

しばらくうとうとしていたのか、咲良は携帯のバイブレーションが唸《うな》る音に気づいてパッとベッドから起き上がった。気づくと窓の外は暗くなっていて、東京の夜景が広がっている。

携帯に手を伸ばすと、ディスプレイには晃良の名前が表示されていた。

「はい、山口です」

『おつかれ。今ホテルのロビー。降りてこられるか？』

その声はいつも通りで怒っている様子はない。

「はい、すぐ……あ、五分だけ時間ください！」

ベッドに寝転がっていたせいで髪が乱れていることを思い出し付け足すと、電話の向こうで笑う気配がした。

『了解。どこかに座ってるから急がなくていいぞ』

咲良は大急ぎでバスルームに飛び込み髪型とメイクを直すと、ソファーの上に転がしてあったバッグを摑《つか》み部屋を飛びだした。

ロビーに降りると、晃良はフロントデスクのそばにあるソファーに座り、膝の上にノートパソコンを広げていた。

「お疲れさまです」

「おう」

晃良は軽く頷いて、パソコンを閉じて立ち上がる。

「待たせて悪かったな。腹減っただろ？」

その顔には、やはり先ほどの不機嫌な顔の名残はない。というか、さっきはたまたま虫の居所が悪かったのだろうか。晃良も自分同様この一大イベントの責任者としてのプレッシャーがあるのかもしれない。

「あの、専務との打ち合わせは」

確か藤原に食事に誘われたとき、そう言っていたはずだ。しかし晃良は軽く頷いてあっさりと言った。

「あれならもう解決したからいいんだ」

「そう、なんですか？」

「それより、なにか食いたいものは？　和食？」

パッと話題を変えて歩き出した晃良を小走りで追いかけて隣に並んだ。

差し入れのときのことなどすっかり忘れたような晃良の態度が気になるが、このタイミングで蒸し返すのは微妙な気がして言葉を吞み込んだ。

新社屋界隈《かいわい》は飲食店が入った雑居ビルも多く、ふたりはよくあるチェーンの居酒屋に足を踏み入れた。

店はやや混み合っていて、カウンター席に案内される。

「とりあえずビールにします？」

「ああ、頼む」

飲み物の他にいくつか料理を注文して、ふたりの共通の話題といえば、やはり明日に控えた新社屋落成式についてだった。

晃良と隣り合わせで食事をするのは初めてで、いつもとは違った距離感に少し戸惑ってしまうが居心地は悪くない。

「いよいよ明日か。山口には色々負担をかけたな」

ねぎらいの言葉に、咲良は首を横に振った。

「そんな。私は室長の指示に従っていただけですから」

本当にその通りで、晃良や藤原の指示は的確で、咲良など責任者というよりはそのアシスタントと名乗る方がぴったりだ。

「そういえば、まだ自分のロッカーの整理も終わってないんだろ？」

「それは室長だって同じですよね？　先輩が私たちの段ボールだけ手つかずのまま、新オフィスに積み上げてあるって言ってましたよ」

フリーアドレス制を導入したために、これまでデスクの引き出しに収まっていた書類や私物は、ひとりひとりに割り当てられたキャビネットで管理することになったが、咲良と晃良はセレモニーの準備に忙しく、旧オフィスの私物を段ボールに詰め込むだけで精一杯だった。

実は片付けが苦手な咲良は、この仕事が終わったら段ボールの整理が待っていると思うと、いつまでもパーティーが終わらない方が楽かもしれないなどと、一瞬くだらないことを考えてしまった。

咲良は晃良のグラスが空になっていることに気づきメニューを差し出した。

「室長、なにを召しあがりますか？」

「あーお茶にしておこうかな」

「え？　ハイボールじゃないんですか？」

会社の飲み会なら、いつもならこのあとはハイボールというのが晃良の定番コースのはずだ。

「お、さすが秘書室のエース。俺の好みがよくわかってるじゃないか」

そう言って笑った晃良は酔っているようには見えない。咲良の訝《いぶか》る視線に気づいた晃良が顔を顰《しか》める。

「なんだよ」

「だって、室長お酒大好きじゃないですか。もしかして具合が悪いとか」

いつもと違う晃良を心配したのだが、彼はその視線から逃げるように、ついと目をそらす。

「室長？」

「ばか。明日があるから一応節制してるんだ」

なぜかうっすらと頬を赤くする晃良を見て、咲良は噴き出した。

「明日のために節制してるならしてるで、別に照れる必要ないじゃないですか」

「う、うるさいな。俺らしくないと思ったら、急に恥ずかしくなったんだよ！」

晃良はそう言うとさらに顔を赤くする。

いつも晃良に振り回されている身としては、こんな顔をする晃良は新鮮で笑いがこみ上げてしまう。

「じゃあお茶を注文しますね。冷たいのでいいですか？」

咲良はクスクスと笑いながら、店員を呼び止めて冷たいお茶をふたつ注文した。

「別におまえは飲んでもいいんだぞ」

「いいえ。上司が節制してるのに部下の私が飲むわけにいきませんから」

まだ笑みを浮かべたまま答えると、晃良はわずかに眉を上げて微笑んだ。

「じゃあ……終わったら飲みに連れてってやる」

「楽しみにしてます」

咲良はなんの抵抗もなくそう返していた。

お酒の入らない夕食はあまり時間がかからず、遅くならないうちにホテルに戻ることができた。

藤原の誘いを断った手前ホテルで鉢合わせたら気まずいと思っていたが、時間が早いおかげでその心配もないだろう。あとはお風呂に入って、明日に備えて眠るだけだ。

客室のフロアは同じだが部屋のタイプが違うからか、ふたりの部屋はエレベーターホールから左右に分かれていた。

「明日はバンケットホール前に九時でよかったよな。寝坊するなよ」

エレベーターを降りたところで晃良にそう言われて、咲良は笑みを浮かべた。

「室長こそ」

いつもきちんと出社している晃良に遅刻のイメージはないが、朝は強いのだろうか。そんなことを考えながら、咲良は夕方からずっと気になっていたことを口にした。

「今日はすみませんでした。打ち合わせの邪魔をするみたいになってしまって」

ふたりきりで食事をして他愛ないおしゃべりをしたせいか、すんなりと言葉が出てくる。どうしてその場で謝ることができなかったのかと思ってしまうほどだ。

しかし頭を下げた咲良を見て、晃良はばつが悪そうにわずかに顔を顰めた。

「別に……怒ってないぞ。というか……」

晃良はそのまま黙り込んでさらに難しい顔になる。

「やっぱり怒ってるじゃないですか」

中途半端に会話を途切れさせるなんて晃良らしくない。そんな言いづらそうな顔をしてなんでもないはずがなかった。

「言ってください。善処しますから」

すると晃良は肩を落として溜息《ためいき》をつくと、渋々といった態で口を開いた。

「……おまえが俺以外の男にいい顔するからだ」

「……は？」

ふて腐れた子どものような表情に、咲良は目を丸くした。

お酒はほとんど飲んでいないのだから、酔っておかしなことを話しているわけではないはずだが、意味がわからない。

「俺の目の前で藤原とイチャイチャしてただろ。簡単に食事に誘われてたし」

「な！　イチャイチャなんてしてません！」

同僚として少し話をしていただけで、あれぐらいの会話なら晃良だっていつも他の女子社員相手にしているはずだ。咲良がそう言い返すと、晃良は納得いかないのかしかめっ面のまま首を傾げる。

「俺ってあんなにチャラいか？」

「チャラいです！」

つい大きな声で言い返してしまったが、ここがホテルの廊下だったことを思いだし慌てて声のトーンを下げる。

「自分の普段の言動を棚に上げて、ちょっと話をしたぐらいで怒るなんておかしいですよ」

抑えた声で険しい眼差しを向けると、納得したのか晃良はしゅんとして肩を落とした。

「……悪かった」

「もしかして、最初から専務との打ち合わせなんてなかったんですか？」

それならロビーで打ち合わせのことを尋ねたときのあっさりとした態度も納得できる。

その問いが正しかった証拠に、晃良の視線がやましさを隠すように咲良からそらされた。

「わ、悪かったって。俺はおまえとふたりで食事に行きたかったんだよ！　藤原に邪魔されたくなかったの！　ただのヤキモチです。すみませんでした！」

晃良がまくし立てるような早口で言った。しかし内容は謝っているが、口調や表情は怒っているみたいだ。

晃良がこんなふうに余裕をなくした態度になるのは初めてで、少し戸惑ってしまう。先ほどのお茶の件といい、今日は晃良の意外な一面を見せられてばかりだ。

「ヤキモチって……」

思わずそう呟《つぶや》いて晃良の顔をまじまじと見つめると、晃良はその頬をうっすらと赤く染めている。

こんなにも自分の感情を露わにする人だっただろうか。それともふたりの距離が近づいているからこんな表情を見せてくれるようになったのだろうか。

「大体俺が口説いてる最中なのに、他の男に簡単に飲みに誘われるなよ」

晃良が拗《す》ねた子どものように言った。

「く、口説いてるって……」

その通りかもしれないが改めて言われると、こちらの方が赤くなってしまう。

「言っただろ。返事、期待してるって」

ついさっきまで赤くなっていたはずの晃良の声がわずかに低くなった気がしてドキリとする。

まるで射貫くような真っ直ぐな眼差しから逃げるように距離をとると、背中が廊下の壁に触れた。

「あ、あの……それは、ですね」

確かにあの言い方は思わせぶりだったと今なら思うが、あの時はあれが精一杯だったのだ。

「答えは出た？　俺さ、気が長い方だと思ってたけど、お前に関しては違うみたい」

いつになく真剣な声音で呟いた晃良が、咲良の方に一歩踏み出し距離を詰める。

「……ッ」

身動ぎできずに視線だけ上げると、晃良の指が咲良の頰に触れた。

「この仕事が終わったら……全力でおまえのこと口説いてもいい？」

思わず頷いてしまいそうになり、咲良の肩がビクリと震える。晃良の顔がキスをするときのように傾き、ゆっくりと近づいてくるのを見て、咲良はギュッと目を瞑《つぶ》った。

鼓動が速くなって自分の息遣いだけが妙にはっきりと聞こえるような気がして息を止めた。

「……」

また、この前のようにキスをされてしまう。でもあの時とは違い、どこかでそれを待っている自分がいて、晃良がしてきたのだから自分は悪くないといういいわけを用意していた。

しかし晃良が触れたのは唇ではなかった。手が触れている頰とは反対側の耳朶《みみたぶ》に熱く濡《ぬ》れた刺激が広がる。

それが晃良の唇だと気づいたときには離れているくらいの、一瞬の出来事だった。

「……っ」

　咲良が目を見開き信じられない気持ちで晃良の顔をまじまじと見つめる。キスを待ちわびていたことに気づかれてしまったのが恥ずかしくて、頬にジワジワと熱が広がっていく。きっとあっという間に耳まで真っ赤になっているはずだ。

　晃良はそんな咲良の反応をなにも言わずじっくり観察してから満足げな笑みを浮かべた。

「少しは俺の本気が伝わった？」

「……」

　咲良はなにも言えずに、無意識に唇が触れたはずの場所を指で隠す。

　ほんの一瞬触れただけなのにその場所には確かに晃良の熱が残っていて、なにかが息づいている。耳朶がひどく熱くて、火傷でもしたみたいだ。

　初めてキスをしたときと違い、ほんの一瞬触れただけなのにまるで濃厚な口づけを交わしたあとのように息苦しくてクラクラしてくる。

　晃良に強く惹《ひ》かれていることに気づいているのに、一歩踏み出すことが怖くてたまらない。この不安定な気持ちをどうやって彼に伝えればいいのかわからなかった。

　どれぐらい見つめ合っていただろう。先に口を開いたのは晃良だった。

「そんなに泣きそうな顔をしなくても、今夜はこれ以上なにもしないから安心しろ」

　その言葉にあからさまにホッとする咲良を見て、晃良は釘《くぎ》を刺すのも忘れない。

「言っておくけど、本音は今すぐ部屋に連れ込みたいと思ってるから、そこのところは忘れるなよ？」

額が触れそうなほどの距離まで顔を近づけられ、瞳の中を覗き込まれる。

「そんなにビビるなって。俺、今おまえにふられても上手くいっても明日は仕事にならなさそうだから、これで我慢しとく」

晃良はそう言うと素早く咲良の頬に口づけてから身体を離した。

「おやすみ」

相変わらずなにも言えない咲良に甘やかな笑みを向けると、晃良はゆっくりと背を向けて廊下を歩いて行く。その姿を見て、咲良はやっと我に返った。またいつの間にか晃良に主導権を握られてしまっている。

「な、なにもしないって言ったのに……！」

咲良が悔し紛れにそう呟くと、晃良が聞こえているとでもいうように後ろ向きで手を振った。

「もう！」

たった今唇が触れたばかりの頬が熱い。晃良の後ろ姿を見送りながら手を伸ばすと、本当は一番触れて欲しかった唇を指で撫でた。

6　今夜ふたりで

式典当日は心配していた雨の影響もなく、スーツ姿のスタッフには少し暑いぐらいの快晴だった。

本当ならホテルでたっぷり眠って清々しく朝を迎えていたはずなのに、昨夜の晃良の言動のせいであまり眠れなかった咲良は、一番乗りでビュッフェで朝食を食べ、集合時間よりもかなり早めにバンケットホールに向かった。

昨日すでに何度も確認したはずの場所を、大丈夫だとわかっているのにチェックし直していると、扉が静かに開いてバンケットホールに晃良が姿を見せた。

「山口、もう来てたのか」

「お、おはようございます……っ！」

平静を保とうと思っていたはずなのに、晃良の顔を見た瞬間カッと頭に血が上ってしまい、声が上擦ってしまう。

昨夜囁《ささや》かれた言葉と耳朶《みみたぶ》に口づけられたシーンが頭の中で何度も再生されて、晃良の顔をまともに見ることができない。咲良はせめて赤くなった顔を見られないよう、仕事をしているふりをして彼に背を向けた。

「朝飯は食ったのか？　おまえ朝食会場で見かけなかったけど」

隣に並んだ晃良の声は、咲良の動揺とは裏腹にいつも通りだ。

「た、食べました。早く目が覚めてしまったので、朝イチで行ったんです。すごく空いてましたよ」

「なんだよ。声かけてくれればよかったのに」

「す、すみません。早い時間だったので、まだおやすみかと思って」

本当は声をかけようか迷ったのだが、時間も早いし、昨日のこともあり晃良と顔を合わせづらかったのだ。

「別に謝らなくてもいいって。それよりインカムのチェックしたいんだけど、いいか」

「大丈夫です」

会場には昨日のうちにレンタルのインカムが届いていて、会場内の責任者数名が身に着けることになっていた。

耳に引っかけるタイプのイヤホンとマイクが一体化したワイヤレスタイプのもので、腰の辺りに小型の受信機を身に着ける。ちょうどスーツのジャケットに隠れてしまうような位置だ。

「藤原や相川にも持たせるから、受付が始まったらスイッチ入れとけよ。俺が式典会場に行っている間になにかあったら携帯に連絡入れてくれ。まあ俺は基本的におまえの判断を信用しているから、いちいち俺に判断を仰がなくていいけど」

「はい」

そのことは打ち合わせのときに何度も言われているが、改めて任せると言われるとなんだか緊張してくる。

まだ始まってもいないのに手が震えてしまい、思いがけずインカムが咲良の手から転がり落ちた。

「あっ」

慌てて手を伸ばした咲良よりも早く、晃良がインカムを拾い上げ手渡してくれる。

「もしかして、もう緊張してるのか？」

晃良は苦笑していたけれど、入社以来初めての大きな式典だし、その責任者を任されているのだから緊張するなというのが無理な話だ。

「だって、もし準備にミスがあったらとか、トラブルが起きたらって考えたら不安じゃないですか」

つい本音を口にした咲良に、晃良が同意するように頷《うなず》いた。

「おまえの不安だって気持ちはわかる。俺も今朝トラブルが起きて式典が台無しになる夢で目が覚めたからな」

「え？」

「いつもとは違う大きな仕事を任されてるんだ。まったく緊張してませんって言うヤツの方が嘘《うそ》くさいだろ。あとで藤原に聞いてみろよ。アイツ普段はあんな飄々《ひょうひょう》としてるわりに、実はビビりだから昨日は眠れなかったたって言うはずだぞ」

「まさか」

咲良は思わず声をあげて笑ってしまう。彼は元々広報で規模の大小は別にしても、こういったイベントには慣れているはずだ。

「とにかく俺もちゃんとチェックしてるし、藤原たちだってそうだ。もし万が一ミスやトラブルがあったとしてもお前の責任じゃない。責任をとるのは上司の俺の仕事だから気楽にいけってこと」

晃良はそう言うと手を伸ばして咲良の頭をあやすようにポンポンと叩《たた》いた。

以前の咲良ならそんな身体的な接触はセクハラだと怒ったのに、いつのまにかそれが自然に受け入れられるようになっていた。むしろこうしてさらりと不安を払拭してくれる優しさが嬉《うれ》しいと思ってしまう気持ちの変化に驚く。

これまで仕事以外で知り合いになった男性は友達になる前に交際を申し込まれることが多く、その押しの強さに相手のことを理解する前に引いてしまっていた気がする。

晃良も十分押しが強いタイプだと思うが、もっと知りたいと感じるのはこれまでの咲良にはない進歩だ。

これは恋愛感情なのだろうか。昨日のように近づかれるとドキドキしてしまうけれど、彼の別の面も見てみたくて、もう少し長い時間一緒に過ごしてみたいと思う。

そんな自分を我ながらはっきりしない面倒くさい性格だと感じるから、晃良はもっとそう思っているのかもしれない。

「そうだ。ちょっと来い」

バンケットホール内にホテルスタッフが立ち働き始めたのを見て、晃良が顎をしゃくりホールの外へと誘う。

そろそろ秘書室の同僚も姿を見せる時間で、なにかやり忘れたことがあったかと咲良は訝しげに晃良を見上げた。

「なんですか?」

人気のない柱の陰に立った晃良は、スーツのポケットからなにかを引っぱり出す。

晃良が無造作に取り出したのは色鮮やかな花柄のスカーフで、なぜ彼がそんなものを持っているのか咲良は目を丸くした。

「これ……」

「いいからそのまま大人しくしてろ」

晃良はそう言うと、手際よくスカーフを咲良の首に巻き付けて形よく結んでしまった。

「俺からのプレゼント。おまえがいつも裏方に徹するために地味にしているのは知ってるけど、今日はパーティーだからな」

晃良は少し離れて、全身を見下ろす。

「うん、似合ってる」

「……っ!」

咲良を見つめる晃良の唇に浮かんだ甘い笑みに、ドキリとして急に息苦しくなる。晃良はこんなふうに自分を見つめる人だっただろうか。

甘やかすような、慈しむような眼差しは、自分が彼にとって特別な人間なのだと感じられて、これまで半信半疑だった彼の気持ちを目の当たりにした気がした。

これまでもこんなふうに見つめられていたのだろうか。だとしたらそれに気づかなかった自分はずいぶん鈍感だったのだと改めて思いしらされる。

それに部下の身だしなみを注意するのは仕事のうちだとしても、これが特別なことだというのも十分わかっていた。むしろ自分以外の同僚に同じことをしているのだとしたら許せないだろう。

ふと昨日の夜のことを思い出してしまい、頬が熱く火照ってくるのを止めることができなかった。

「おい、顔が赤いぞ。まさか熱があるわけじゃないよな?」

晃良は昨日の今日でこんなことをしても涼しい顔で、咲良は慌てて髪を直すふりをして顔を隠す。

「す、少し暑いみたいですね! ゲストが到着する前に空調確認してきます!!」

不自然なほど大きな声で言うと、パッと晃良に背を向けた。

自分は彼にとって特別な人間なのだ。何度も言葉で告げられていたのに、冗談だと片付け、すべて聞こえないふりをしていた自分がどうしようもなくひどい人間に思えてくる。

ふと礼も言わず晃良を置き去りにしてきてしまったことを思いだし、慌ててバンケットホールの扉の前で立ち止まる。

咲良は一瞬悩んで、それから心を決めて振り返った。

「あのっ！　スカーフありがとうございました!!」

晃良の顔も見ずに早口でそう言うと、返事も待たずに扉の隙間をすり抜けた。


新社屋エントランスで行われた落成式典は無事に終了し、パーティー会場に来賓客が流れてきたのは昼を少し回る時間だった。

パーティーは立食形式で、昼時ということもありビュッフェコーナーは大盛況だ。咲良は責任者として料理の提供速度や来賓に飲み物が行き渡っているかなどに目を配りつつ、担当重役の俊哉のフォローをしたりとなかなか忙しかった。

幸い俊哉からはパーティーの仕切りに集中するようお墨付きをもらっていたので、付き添いは後輩に任せ、会場全体に目を配ることができた。

俊哉が来賓との会話を終えたタイミングで、咲良はスッと彼に近づいて声をかけた。

「専務、なにかお手伝いすることはございますか？」

「ああ、ご苦労様。こちらは特に問題ないよ」

「なにかお飲み物をお持ちしましょうか？」

「それなら丸山くんに頼んだから大丈夫だ。彼女には伝えてあるが、来週どこかで四谷商事の社長と会食のセッティングを頼む。なにか相談があるそうだから」

先方から話を持ちかけられるということはすでに先方の社内では企画が進んでいて、めぼしい取引先として飯坂インターナショナルに声をかけたということだろう。

タイミングを外せば、他社に話が流れてしまうこともあるから素早い対応が必要だ。

「承知しました。社に戻りましたら速やかに処理します」

咲良が頷いたときだった。俊哉の前にスッと背の高い男性が近づいてきた。

記憶にある限り初めて見る男性で、高垣から引き継ぎをされた顧客リストを頭の中で思い浮かべたがすぐに思い当たる人物はいない。しかし男性の次の一言ですぐに彼が誰なのか理解する。

「兄さん」

「雪斗、来てたのか」

「当たり前でしょう。一応親の会社なんですから」

雪斗と呼ばれた男性は溜息《ためいき》をひとつつくと、さして興味のない顔で会場を見回した。

「ちょうどいい。山口くん、紹介しておくよ。僕の一番下の弟で雪斗だ。彼女は俺の担当秘書の山口咲良さんだ」

「はじめまして。専務の担当をさせていただいております。山口です」

「飯坂雪斗と申します。兄がいつもお世話になっております」

噂《うわさ》の三男は目元こそ俊哉と晃良に似ているが、三兄弟の中ではずば抜けて綺麗《きれい》な顔立ちをしている。

俊哉も晃良も美男子だと思うが、俊哉は正統派のいい男、晃良はちょっと遊び人っぽさの入ったイケメンで、雪斗は品のいい美青年という感じだ。

「兄さん、文乃《ふみの》さんを見かけませんでしたか？　ちょっと目を離した隙にどこかへ行ってしまって」

そう言いながら雪斗はきょろきょろと辺りに視線を彷徨《さまよ》わせる。

「相変わらず過保護だな。文乃ならさっきひとりでふらふらしてるところを呼んだら、さっさとどこかに逃げたぞ。アイツ、こういう集まり嫌いだからな」

「文乃さんの婿となれば最高の逆玉ですからね。皆さんも必死なんですよ」

雪斗はそう言うと面倒くさそうに溜息をついた。

「文乃っていうのは僕たちの幼なじみで、ピーチドラッグのご令嬢だよ」

黙ってふたりの話を聞いていた咲良に、俊哉が教えてくれる。

ピーチドラッグと言えば全国シェアナンバーワンのドラッグストアで、桃園《ももぞの》社長は飯坂社長と旧知の仲だと聞いている。確か二十歳過ぎのお嬢様がいたはずだ。

「お探ししますか？」

「うーん。わざと隠れてるみたいだし、山口くんは文乃の顔がわからないだろ。文乃を見つけたら雪斗か僕のところに連れてくるよう晃良に伝えておいてくれればいいよ。ホテルにはいるんだろうから、そのうちひょっこり顔を出すだろ」

「承知しました」

咲良はふたりに頭を下げて離れると、晃良に連絡をするためにインカムに呼びかけたが返事がない。スイッチを入れ忘れているか、外しているか、それとも電波の届かない場所にいるのだろうか。

「もう！　電源を入れておけって言ったのは自分なのに」

会場内を見回した限り姿が見えないので、ホールの外に出ているのかもしれない。

咲良はホールの外に出ると受付にいた後輩に声をかけた。

「お疲れさま。室長見なかった？」

「いいえ。こちらにはいらしてないですよ」

念のためスタッフの控え室を覗《のぞ》いたが、パーティーの真っ最中なのだから当然みんな出払っていて誰もいない。

部下の責任をとるのが上司の仕事だと言っていたくせに、どこに雲隠れしているのだろう。少し苛立ちながらもう一度ホールの中を探すが、やはり晃良の姿はなかった。

結局晃良を見つけたのはそのあとしばらくしてからで、バックヤードの入口の目隠しとなっているパーティションの向こう側でだった。

お客様のひとりからホットコーヒーが飲みたいとリクエストされたが、ビュッフェのデザートと一緒に出される予定で、まだコーヒーのセッティングがされておらず、一人分だけ先に用意してもらおうと、バックヤードに頼みに行こうとして見つけたのだ。

「……っ」

晃良の姿を見たとたん、咲良は思わず小さく息を呑《の》んだ。

彼は若い女性に顔を寄せて、笑顔でなにか囁《ささや》いていたのだ。女性の服装からして招待客のようで、一目見た限り特別に親しそうに見える。

こちらはずっと晃良を探していたというのに、こんなところに女性とふたりきりでいるなんて信じられない。そう思った瞬間頭にカッと血が上ってしまう。

「……室長、なにしてるんですか？」

とっさに咲良の唇から零れたのは、晃良を咎《とが》めるような言葉だった。しかし晃良はそれに怯む様子もなく、いつもの自信たっぷりの顔で唇をニヤリと歪《ゆが》めた。

「心配すんな。ナンパなんかしてねーよ。文乃は幼なじみで妹みたいなもんだ」

いいわけというよりはカッとしている咲良を宥《なだ》めるような口調に、すーっと頭が冷えていく。

晃良は確か〝文乃〟と口にしたはずだ。だとすると彼女が三男の雪斗が探しているという女性かもしれない。

「もしかしてこちらのお嬢様はピーチドラッグの」

咲良が最後まで言い終わる前に晃良がアッサリと頷いた。

「そう、社長令嬢。令嬢っぽく見えないけどな」

「うっさいな！」

晃良の隣の女性がすかさず言い返し、晃良の腹の辺りに軽くパンチをする。その仕草は恋人同士というよりは、晃良の言う通り幼なじみとか兄妹といったノリに見えた。

「でしたら、お嬢様のことを雪斗さんが探していらっしゃいました。先ほど専務に文乃さんのことを尋ねていらっしゃいましたから」

晃良と文乃は顔を見合わせた。咲良は一瞬だけ文乃がしまったという顔になったのを見逃さなかった。

どうやら俊哉の言う通り、雪斗は過保護でいつも彼女のことを心配しているようだ。

「やっぱおまえらなんかあるんじゃねーの？」

「……」

文乃のなんとも言えない複雑な表情を見て、晃良は溜息をひとつついてから咲良に向かってひらひらと手を振った。

「わかった。ありがとな」

行っていいという仕草に、咲良は軽く頭を下げてからバックヤードに入った。

そしてお客様のためにコーヒーを手配して戻ってきたときには、ふたりの姿は消えていた。

ふたりがなぜあそこにいたのかが気になったけれど、すぐにお客様の対応に追われて、そのことは頭の隅に追いやられてしまった。

パーティーの残り時間はあと半分ほどだが、仕事の都合などで先にお帰りになるお客様がちらほら出てくる時間だ。

咲良は帰りにお渡しする記念品の準備が整っているのかもう一度確認するために受付に顔を出した。

「お疲れさま」

受付には後輩が三人スタンバイしていて、今のところ問題はなさそうだ。

「先輩、室長見つかりました？」

「あ、うん。バックヤードの方にいたから気づかなかったみたいよ。ありがとう」

「よかったです。それと、あけみ海運の社長から秘書室のメンバーにって、差し入れをいただきました」

後輩のひとりがテーブルの下に置いてあった紙袋を取り出した。

袋は有名なチョコレートショップのもので、手のひらサイズの箱が二十個ほどぎっしりと詰まっている。きっと一粒三百円はするチョコレートの詰め合わせだ。

あけみ海運は飯坂インターナショナルの取引先の中でも大口で、先代社長の頃からの長い付き合いだと聞いているし、現社長同士がゴルフ仲間だから、特別に気を使ってくれたのだろう。

「あとで社長からもお礼を言っていただくようにするわ。それじゃあこれは控え室に」

咲良はそこまで言いかけて自分で紙袋を手に取る。

「ああ、私が運ぶからこのまま受付をお願いね。そろそろ早めにお帰りになるお客様が出てくる時間だから、クロークのご案内と記念品のお手渡しをお願いします」

「はい」

咲良は後輩たちの返事を聞いてから紙袋を控え室に運んだ。

控え室はすでに重役からの差し入れのドリンクや軽食が並んでいて、とりあえずテーブルのわずかな隙間に紙袋を置く。

秘書室の人数分はありそうだからこのまま新オフィスに運んでもらって、別の場所を担当しているスタッフにも平等に配ることができそうだった。

念のためオフィスに運んでもらえるようにメモをつけていると扉が開いて、晃良が顔を覗かせた。

「さっきはサンキュー」

そう言いながら部屋に入ってきて扉を閉める。

「いえ、お嬢様は大丈夫でしたか?」

さっき責めるような言葉をかけてしまったことが後ろめたくて、咲良はさり気なく視線をそらす。

「ああ。あのあと雪斗が来て回収していった」

晃良はそう言うと椅子を引き出して勢いよく腰を下ろした。

「……さっきはお客様をナンパしたのかと思って、驚きましたよ」

冗談めかして言うと、晃良はテーブルの上のペットボトルを手に取りながら顔を顰《しか》めた。

「バカ。だからアレは幼なじみだって言っただろ。オムツ穿《は》いてる頃から知ってるんだぜ？　しかも俺の予想では弟と結婚するし」

「えっ⁉　そうなんですか？」

思わぬビッグカップル予想に、咲良は気まずかったことも忘れて晃良の顔を見た。それが本当なら、雪斗のあの過保護具合も納得できる。女の自分から見ても文乃は小柄で可愛らしく、守ってやりたいタイプだ。

「今のところ文乃は嫌がってるふりをしてるけど、時間の問題だな」

そんなものだろうか。飯坂家の三兄弟と幼なじみということは、晃良と文乃が結婚する可能性もあったのではないかと勘ぐってしまう。

「可愛い方ですよね。室長も……お好きだったんじゃないんですか？」

そう口にしてから、まるで鎌をかけるような言い方だと気づく。

晃良もそう思ったのだろう。咲良を見つめて唇をニヤリと歪める。探るような眼差しを浮かべながら椅子から立ち上がり、咲良のそばに立った。

「なに？　秘書室のクールビューティーが大学を出たばっかりのガキにヤキモチ？」

「な！　なに言ってるんですか！　どうして私が」

とっさにそう返したが、カッとして頬が熱くなってしまう。

「ち、近いです！」

晃良から離れようと後ずさったのに、逆に間合いを詰められて顔を覗き込まれてしまった。

「ていうかさ、さっきおまえ俺に怒ってただろ」

「……」

確かにふたりが親しげなところを見てついカッとしてしまったのは事実だが、それを認めてしまったら自分が嫉妬をしていたみたいだ。

「べ、別に怒ってないですよ」

プイッと顔を背けたが、その態度は逆に晃良の問いを肯定してしまっていることには気づかない。それに少しずつ晃良の態度が甘くなっているのも居心地が悪い。心臓がドキドキと大きな音を立てていて、いつ晃良にそれを指摘されるのかと思うと、さらに鼓動が速くなった。

すると晃良はなにを思ったのか、咲良の耳からインカムを取り外すとその電源をオフにしてしまう。

「な、なにしてるんですか……」

「いや、念のため。よく漫画とかであるだろ、イチャイチャしてたら全部聞かれてましたってやつ」

聞かれたら困るようなことをすると宣言されているみたいだ。咲良は強い視線に耐えきれず目をふせた。

すると晃良はスッと頭を下げて耳元に唇を近づける。

「本当のこと言えよ」

いつもよりも低い、でもはっきりとした声に胸がギュウッと締めつけられる。

きっと晃良は咲良の気持ちが変化していることに気づいているし、わかっているからこうして咲良をからかって困った顔をするのを楽しんでいるのだ。

それにこの状況では、いくら答えをはぐらかそうとしても咲良が本音を言うまでいつまでも食い下がりそうだ。抵抗するのが馬鹿らしくなってきた咲良は半ば諦めて溜息をつくと、晃良を上目遣いで見上げた。

「そうですよ……ヤ、ヤキモチです！　私のこと口説いてるのに、なに他の女に声かけてるんだって思いました！」

早口でそう言ってみたものの、晃良の求めていた答えだったかどうかわからない。そう思ったとたん急に羞恥が襲ってきてどうしたらいいのかわからなくなった。

「あの、変なこと言ってすみませんでした！　私、仕事に……」

これ以上は恥ずかしくて晃良の前にいられない。脇をすり抜けようとしたけれど、それよりも一瞬だけ早く晃良に手首を摑《つか》まれてしまう。

「……あ！」

「待てって」

仕事中にこんなことを言うなんて自分はどうかしている。恥ずかしさと居心地の悪さがごちゃ混ぜになって、咲良は視線を忙しなく彷徨わせる。

そんな咲良の顔に晃良の長い指が触れて、強引に顔を上向かされてしまった。

「ほら、こっち見ろ」

嫌でも視界が晃良の顔でいっぱいになって、恥ずかしさに涙目になってしまう。頭の隅では仕事に戻らなければと焦っているのに思うように身体が動かず、ただ晃良と見つめ合うことしかできなかった。

「俺、山口のそういうストレートなところ好きだから」

「……っ」

まるで子どもに言いきかせるような優しい声音と〝好き〟という言葉に、身体中の血液が一気に逆流でもしたかのようにカッと顔が熱くなって、頭の中が真っ白になる。

「性格はお堅いし、男の気を惹《ひ》こうっていう計算もないし、ホントは俺に興味あるのに苦手って嘘つくし、色々面倒くさいところもあるけど」

なんだか〝好き〟という言葉のあとに続くにしては褒められているように聞こえない。

思わず眉を寄せた咲良を見つめて、晃良はさらりと言った。

「でもそういうのも全部ひっくるめて、俺は山口が好きだ」

「……!!」

冗談はやめて欲しい。もうそう切り捨ててしまえないほど、晃良に心を奪われてしまっているのに、晃良はさらに釘《くぎ》を刺す。

「冗談でも、からかってもいない。俺の本音だから」

晃良はそう言うと咲良の手を引いて腰を抱き寄せ、呆然《ぼうぜん》とする咲良の唇に素早く自分のそれを重ねてしまった。

「……っ」

一瞬だけ触れたかすめ取るようなキスに、咲良は何が起きたのかわからず目を大きく見開いた。

無言で晃良の顔をまじまじと見つめると、彼の唇が得意げな笑みの形になるのが少し悔しい。

「……いま、仕事中……」

「じゃあやめる？」

すかさずそう言い返されて、咲良は反射的に首を横に振る。

「や、やめない……で」

自分の唇から信じられない言葉が漏れ、咲良は涙目で晃良を見上げた。羞恥で真っ赤になった咲良を見下ろす晃良が、小さく息を呑む気配がした。

「この仕事が終わるまでは我慢しようと思ってたのに……山口が可愛いのが悪い」

晃良はなぜか怒ったように呟くと、もう一度、今度はしっかりと咲良の唇をキスで塞いでしまった。

「ん……っ」

濡《ぬ》れた甘美な刺激と共に視界が晃良でいっぱいになり、咲良は慌ててギュッと目を瞑《つぶ》る。

「は……んぅ……」

すぐに唇を割って舌が入ってきて、咲良の舌に擦りつけられる。一瞬で初めてキスをしたときの記憶が蘇《よみがえ》ってきて、そのぬるついた刺激に咲良の身体が小さく震えた。

「ん、ん、んぅ……」

晃良はまだ口づけに慣れていない咲良の初心な反応を楽しむように身体を抱き寄せ、まるで味わうように満遍なく口腔《こうこう》を舌で探っていく。

「ん……ふ……」

ぬるぬるとお互いの舌が擦れ合うたびに、背筋をなにかが這《は》い上がってきて、そのたびに咲良の身体がぶるりと震える。それを宥めるように大きな手が何度も背中を撫《な》でるが、敏感になった身体はその動きにすら反応してしまい、咲良は無意識に身体を揺らした。

「ふ……ぁ……んぅ……」

気づくと首を仰け反らせて、晃良が手を離せば後ろに倒れてしまいそうなほど身体が傾いている。

それでも晃良のキスの勢いは止まらず、まるで乾きを潤すようにお互いの熱を絡みつかせる行為に、咲良は胸の奥が苦しくてたまらなかった。

心の中でほどけていたなにかがキュッと結びついたような、不安定な場所になにかがピタリとはまるような不思議な感覚だった。

胸の奥で見え隠れするなにかを摑みたいのに、それはすっかりキスに溺れた思考の中で泡のように生まれては消えていく。

「ん……は……ぅ……」

ふたりの間からクチュクチュといやらしい水音がして、咲良の口の端からは飲みきれなかった滴が伝い落ちていく。

いつ誰が入ってくるかもわからない場所で上司とこんないやらしいキスを交わしている。こんなことをしてはいけないとわかっているのに、頭の奥の方がジンジンと痺《しび》れて、次第になにも考えられなくなっていく。

ずっとこのまま晃良と抱き合っていたらどうなってしまうのだろう。そんな淫らなことすら思い浮かべてしまうほど晃良とのキスに夢中になっていた。

しかしわずかに残った理性が、ここが職場であることを思い出させた。誰かがその扉を押して入ってきたら大ごとで、咲良はもちろんだが上司である晃良の方がさらに大変なことになる。

「や……やめ、て……」

咲良はすっかり力の抜けてしまった身体を励まして、震える手で晃良の胸を押した。するとフッと身体に回された腕の力が緩み、食べられそうな勢いで塞がれていた唇が自由になる。

咲良はよろめきながら腕の中から抜け出すと、浅い呼吸を繰り返して晃良を見上げた。

「し、仕事……中、です……」

抗議をするつもりはなかったが、自然と非難するような口調になる。しかし頬を染め瞳を潤ませた咲良の姿に、晃良は悪びれもせず形のいい唇をニヤリと歪めた。

「仕事中じゃなければいいって聞こえるぞ」

「……ッ!!」

咲良がわずかながらも彼とのキスを楽しんだことに気づいている顔だ。そうだとしても、ここは職場だし、自分は彼のこれまでの相手とは違うのだ。

きっとこれまで付き合ってきた女性はキスに慣れていて、こんな危険な逢瀬《おうせ》も楽しんだのだろう。

咲良に満足げな笑みを向ける晃良を見て、咲良は怒鳴りつけたくなる衝動を抑え込みながら晃良をうらめしげに睨《にら》みつけた。

「か、からかわないでください！　わ、私こういうの初めてなんです……っ」

真っ赤になりながら思わずそう口にする。しかしこれで引いてくれると思っていた晃良は、さらに嬉しそうな笑みを浮かべて頷いた。

「そんなの知ってるし」

「……え」

「山口の反応見てれば、そんなのすぐにわかった。ていうか、それのなにが問題なんだ？」

「だって……男の人は、そういうの面倒くさいって……」

処女は面倒くさいというのはよく聞く話だ。ましてや晃良のような女性経験豊富な男性なら、わざわざ相手にしたくないだろう。正直晃良とそんな会話をするのも恥ずかしくてたまらなかった。

ところが咲良の言葉に晃良は心外だとばかりに顔を顰める。

「俺はそんなこと一言も言ったことないだろ。ていうか、普通好きな女に他の男に触れられたことがないって言われて、喜ばない男はいないだろ」

きっぱりそう言い切ると、大きな手が咲良の頭をクシャクシャッと撫でた。

「俺の態度が誤解させていたのなら謝る。悪かった」

「ち、違います……私が勝手に……」

思ってもみなかった反応に、咲良は慌てて首を横に振る。すると晃良がもう一度咲良の腰を自分のそばへと引き寄せる。

「今夜、ふたりで会えるか？」

急に甘くなった声音に、咲良の心臓が再びドキドキと大きな音を立て始める。

「……あの」

言葉を濁す咲良の耳に、晃良がゆっくりと唇を近づける。

「誰にも邪魔されたくないんだ」

そう言いながら、晃良は朝自分で巻いた花柄のスカーフに指をかけ、しゅるりと音をたてて結び目を解いてしまう。

訝る咲良の首筋に顔を近づけると、晃良はあろうことか鎖骨のくぼみに口づけ、その場所を強く吸った。

ピリリとした痛みに咲良がビクリと肩を揺らす。

「んっ！　……な、なに……⁉」

驚いて見下ろしても、死角になっていてなにをされたのか確認することができない。慌てる咲良を見て、晃良はクスリと小さな笑いを漏らすと、唇が触れた場所を指で撫でた。

晃良にこんなふうに思わせぶりに素肌に触れられるのは初めてだ。

「しつちょ……」

「約束の印だ」

晃良は掠《かす》れた声で呟くと、もう一度その場所を指でなぞって手早くスカーフを結び直してしまった。

色気たっぷりの仕草と眼差しになにも言えずにいると、晃良はそっと咲良の身体を抱き寄せ、少し赤くなった目尻に唇を押しつける。

その甘い仕草に咲良は逆上せてしまったときのように頭がクラクラしていて、立っているのもやっとだった。

「あとで携帯に詳細を送るから。俺は先に中に戻る。おまえは急がなくていいからちゃんと化粧を直してから戻れよ」

咲良がなんとか頷くと、晃良はもう一度名残惜しげに咲良の額にも唇を押しつけて、一

足先に控え室を出て行った。

「……っ」

扉が静かに閉まったとたん、ホッとしたのか膝から力が抜けて、咲良は絨毯《じゅうたん》の上にぺたりと座り込んでしまった。

「な、なんなの……」

晃良は最初から誰にでも優しいし、思わせぶりな態度もする。これまで何度か迫られたときだって、誰にでも同じことをするのだろうと晃良を信じ切れなかったのだ。

でも、今日の晃良はこれまで咲良が見てきたどの彼とも違う。いつもなら最後に冗談めかして終わらせるはずなのに、最後まで言葉は真剣だった。それどころか男性経験のない咲良でもわかるぐらい色気がダダ漏れで、これ以上彼に迫られていたら、この場で彼を受け入れてしまっていたかもしれない。

〝苦手〟が〝嫌いじゃない〟に変わって、今は……自分の気持ちを口にするのが怖い。

これまでは晃良が深追いしてこないのをいいことに誤魔化してきたけれど、今度こそもうやむやにしておけないことだけはわかる。

もう逃げられない——そんな気がした。

7　ずっと欠けていたもの

晃良に少し遅れてパーティーに戻るとすでに宴もたけなわで、それに続くお客様のお見送りや後片付けにと追われ、晃良とは最後までまともに言葉を交わす機会はなかった。それどころか晃良は途中で姿が見えなくなって、式典会場の片付けに戻ったこともあとから相川に教えてもらったぐらいだ。

咲良自身は避けるつもりはなかったが、正直顔を合わせるのは恥ずかしかったのでホッとしてしまったのは事実だ。

晃良もあの場では勢いであんなことを言ったが、今は冷静になっているだろう。今夜会いたいと言われたが、それどころではないかもしれないし、もしかしたらすでに誘ったことを後悔しているかもしれない。

幸い今日は金曜日で、作業が終わったら現地解散してもいいことになっている。このまま顔を合わせずにいたら、先ほどの口約束はなかったことにならないだろうか。冷静になってくると、今すぐ逃げ出したい気分だ。

咲良がまたもや返事をうやむやにできないかと考え始めたとき、まるで見ていたかのようにタイミング良くポケットの携帯が唸《うな》り、晃良からのメッセージが届いていた。

メッセージには『仕事が終わったらここに来て』という言葉とホテルの部屋番号が記されていて、番号からすると昨夜晃良と泊まったフロアとは別の部屋のようだ。

個人的に晃良が予約したのだろうが、つまりはちゃんと覚悟をしてこいということだろう。いい加減返事を先延ばしにしている咲良への、晃良からの最後のメッセージだ。

それにしてもこんな誘い方はズルイ。最後に決めるのは自分自身だとはわかっているけれど、こんな短時間でしかもこんな大事なパーティーの最中に提案してくるなんて。

一瞬日を改めたいと連絡をしようかと迷ったが、もうずいぶん晃良を待たせてしまっていることも事実で、咲良はメッセージに一言『承知しました』とだけ返信した。

咲良が部屋を訪ねたのは指定の時間より少し遅れてだった。食事に行こうと誘う同僚たちを断るのに時間がかかってしまったからだ。

部屋の前で立ち止まると、何度か深呼吸をくり返す。思いきってベルを鳴らすとすぐに扉が開いて、ジャケットを脱ぎネクタイを外したラフな格好の晃良が顔を覗《のぞ》かせた。

「来たか」

そう言った晃良の顔は明らかにホッとしていて、咲良は不覚にもその顔に胸がキュンとしてしまう。

「ほら、入れよ」

晃良は身体の位置をずらし部屋の中へ招き入れてくれたけれど、咲良はわずかに躊躇《ちゅうちょ》して、緊張しながら足を踏み入れた。

　部屋はダブルルームのようだが、昨夜咲良が泊まったスーペリアルームよりもベッドが大きく、部屋も広い。明らかにふたりで過ごすための部屋だと思うと、いきなり部屋に入るのは色々と不安を感じてしまう。そう思った瞬間、背後から晃良に抱きしめられた。

「きゃ……っ……！」

「……もしかしたら、来ないかと思ったんだ」

　晃良の安堵《あんど》したような声音と体温に、咲良は慌ててその腕の中から抜け出した。

「あ、あの……っ、と、とりあえず話を……」

　上擦った咲良の声と余裕をなくした顔を見て、晃良が苦笑いを浮かべる。

「悪い。怖がらせるつもりはなかったんだ。おまえが来てくれて嬉《うれ》しかったから、つい舞い上がっちゃって」

　最後は照れくさそうな顔をした晃良を見てキュウッと苦しくなる。

　ずっと押しが強かったくせに、どうして今さらそんなほだされてしまいそうな可愛い表情をするのだと問い詰めたくなった。

「……な、なんでいきなりホテルの部屋なんですか？　展開が早すぎます」

「いや、俺もそう思ったけど、いい加減これぐらいしないとおまえの気持ちが動かないかなって。本当は部屋いっぱいに花を飾るとかサプライズもしたかったんだけど、あっちの仕事がなかなか片付かねーし、準備の時間が足りなくてさ」

悔しそうな晃良を見て、自分のために一喜一憂してくれたり、一生懸命になってくれたりする人なのだと思うと胸がいっぱいになる。

「もう十分ですよ……」

咲良は思わず呟いた。

「やっぱり？　山口はそういう大袈裟《おおげさ》なのは嫌がるかなとも思ったんだ」

うんうんと頷《うなず》く晃良を見ているだけで、こんなにも思ってくれているのだという気持ちが伝わってきて、心臓がドキドキしすぎて胸が苦しい。

「……そういう意味じゃないです」

「ん？」

「もぉ……降参です……」

咲良は恥ずかしさのあまり俯《うつむ》いて小さな声で呟《つぶや》いた。

「それって……」

できれば察して欲しかったが、これまで何度も晃良に言わせてきたのだから自分からもちゃんと伝えなければいけない。

「し、室長とお付き合いします……って意味、です……」

口にするのにこれ以上恥ずかしい言葉などあるだろうか。あまりの恥ずかしさに、咲良がギュッと目を瞑《つぶ》ったときだった。

「……っしゃあ！」

オフィスで聞いたこともない奇声をあげた晃良に勢いよく抱きつかれて、咲良は驚いて目を見開く。

これまでずっと子どもっぽい冗談を口にすることはあっても、こんなふうに余裕がない態度で咲良に抱きついてきたことはなかったのだ。

「し、室長……？」

「ごめん。少しだけこうさせて」

感極まったようにギュッと抱きしめられ、一瞬で頭に血が上ってしまいなにも考えられなくなる。ホテルの部屋でふたりきりだとか、上司と付き合ってもいいのかなど、あれこれひとりで悩んでいたことが、晃良の腕の中では泡沫《うたかた》のように弾けて消えていく。

「すごく……好きだ」

熱っぽく掠《かす》れた声に胸がいっぱいになり、気持ちはふわふわと舞い上がってしまう。

こうして抱きしめられ好きだと告げられて、靄《もや》の中でぼんやりとしていた自分の気持ちがはっきりと浮かび上がってくる。そのことを晃良に伝えたくてたまらないのにうまく言葉にできなかった。

「あの……私……」

「どうした？」

今にも泣き出しそうなほど目を潤ませた咲良の顔を晃良が訝《いぶか》しげに覗き込む。

「……」

誰かを好きになるのはこんな泣きたい気持ちになるものだと初めて知った。仕事ならいくらでも気の利いた言葉も思い浮かぶし、相手を笑顔にもできる。

でも今の自分は言葉を忘れてしまったみたいに呆《ほう》けて、彼に不安な顔をさせてしまっている。

咲良はもどかしさから晃良の胸に顔をうずめると、自分からぎゅーっと身体を押しつけた。

「ち、違うんです。あの、私……室長のこと、好き、だと思います……」

小さく息を呑《の》む気配がして、咲良を抱く晃良の腕の力が強くなる。

これ以上ないというほどぴったりと寄り添った身体の温かさに、咲良は恥ずかしいことも忘れて満足げな溜息を漏らす。するとそれを耳にした晃良が小さく笑った。

「……それって、誘ってる？　俺だって男だからそんな悩ましげな溜息《ためいき》をつかれると期待しちゃうけど」

笑いを含んだ声は、咲良の告白を喜んでいるというより面白がっているようにも聞こえる。恥ずかしさに身体を起こしかけた咲良を力強い腕が押さえつけた。

「も、もぉ……からかわないで」

「冗談だよ。おまえがそんなこと言ってくれると思わなかったから嬉しくて舞い上がってるの！」

いつも余裕たっぷりの晃良が自分の言葉ひとつで舞い上がるなんて信じられないけれど、

晃良の腕の中にいるのは居心地がいい。

　このままクセになって抜け出せなくなったらどうしようかと心配になるほどだ。

「これから……どうしようか」

　耳に息がかかるぐらいの距離で聞こえた囁《ささや》きに、頭の中が真っ白になる。チュッと耳朶に口づけられて、咲良はその熱さにいつまでも顔を上げることができなかった。

「なんか食べにいく？　出かけるのが億劫《おっくう》ならルームサービスもあるし」

　今は胸がいっぱいでとても食事をする気分になれない。でもそんなことを言ったら、自分からこの先を促しているように聞こえないだろうか。

　晃良の腕の中にいるのは心地よすぎてずっとこうして抱いていて欲しいぐらいだが、そんなことを口にしたら大胆な女だと誤解されるかもしれない。

「おまえがいいなら、もう少しこうしていたいんだけど、いいか？」

「……はい」

「じゃあルームサービス頼むか」

　晃良は嬉しそうに言うと、テーブルにあったメニューを咲良に手渡し、自分は咲良を抱きあげてベッドの端に腰掛ける。

「あの！　お、下ろしてください……！」

「もう少しこうしていたいって、言っただろ」

　晃良はそう言いながらパンプスを脱がせると、無造作にカーペットの上に転がす。

確かに咲良ももう少し晃良と抱き合っていたいと思ったけれど、こうして膝の上にのせられているのはなんだか違う気がするのだ。

抱き合っていたときよりもさらに身体が密着しているのも、変に意識してしまう。

「なにが食べたい？」

後ろから羽交い締めにするように抱きしめられ、顔のすぐ真横からメニューを覗き込んでくる。

「ここのホテルはクラブハウスサンドが有名。あと実はこの季節のフルーツのスペシャルショートケーキがおすすめ」

晃良が指さしたケーキの値段を見て、ギョッとしてしまう。普通のケーキ屋さんならホールケーキの値段が一ピースの値段と同じだったのだ。

「おまえ、甘いもの好きだろ？」

「……」

「あーでもデザートはここにあるからな」

晃良は咲良の返事も待たずひとりごち、頬にチュッと音を立てて口づけてきた。いつもとは違う晃良の甘い仕草に、それだけで頭が沸騰してしまう。

今までも優しい人だとは思ったけれど、今は優しいと言うより甘やかされるとか、かまい倒されるという表現の方が合っているかもしれない。

晃良は上司ではあるけれど子どもっぽいところがあるからあまり年上という意識もなく

付き合ってきたけれど、こんなふうに甘ったるい態度をされるとこそばゆいような落ち着かない気持ちになってしまう。でもそれを口にするのは照れくさくて、咲良はわざと茶化すように言った。

「室長……なんだか、オジサンっぽい……」

「なんだよ、緊張してるから笑わせてやろうと思ったのに」

そう呟いた晃良の声は少し拗《す》ねているみたいだ。ふっと咲良を抱いていた腕の力を緩めると、咲良の身体を抱きあげ、向かい合うように自分の方に向ける。

「あ」

自然とスカートが捲《めく》れ上がって太股が露わになるが、そのことよりも目の前に迫った晃良の顔の方が気になって、裾を押さえる手がなおざりになる。

「……な、なんですか？」

咲良のつっけんどんな物言いに、晃良はわずかに口角を上げる。

「なあ、ふたりのときはその室長ってやめようぜ」

そう言うと、咲良のこめかみにソッと唇を押しつけた。

「ん……っ」

甘い空気と仕草が擽《くすぐ》ったくて、咲良は頬を赤らめながら首を竦《すく》めた。

晃良の提案には少し戸惑ってしまうが、確かに恋人同士なら役職で呼ぶのは不自然ではある。でも付き合い始めでいきなり下の名前を呼ぶなんて、図々しいような気もしてしまうのだ。咲良は少し考えて上目遣いで晃良を見つめた。

「じゃあ……飯坂さん？」

その言葉に晃良が噴き出した。

「いや、普通そこは晃良、だと思うんだけど」

「そ、そうですけど」

きっといきなり男性を、しかも上司を下の名前で呼ぶことには抵抗があると言っても晃良には理解できないだろう。

「呼んでよ。晃良って」

「……」

ジッと見つめられると居心地が悪い。咲良はプイッと視線をそらす。

「……わ、私にだけ強要するなんてズルイです」

「強要じゃねーよ。お願いだって」

「……」

別にもったいつけるわけではないが、こんなふうに期待に満ちた眼差しを向けられたら、もっと言いにくくなってしまうのに。

もじもじと俯く咲良に向かって、晃良が痺《しび》れを切らしたように言った。

「咲良」

「……っ！」

このタイミングで名前を呼ぶなんてズルイ。甘ったるい囁きに、咲良は小さく息を呑んだ。

「ね、呼んでよ。咲良」

こんな声で名前を呼ばれたらもう逆らうことなんてできそうにない。咲良は恥ずかしさから下を向いてギュッと目を瞑る。

もたれるように頭のてっぺんを晃良の胸に押しつけると、勇気を振り絞って口を開いた。

「あ……あ、晃良さん……」

返事の代わりに背中に回された腕に力がこもる。

不思議なことに彼の名前を口にしたとたん、まるで魔法にでもかけられたかのようにスッと気持ちがほどけていくのを感じた。

「もう一回」

「……晃良さん」

咲良は広い胸に頬を押しつけながら、今度ははっきりと名前を口にした。

「咲良、メチャクチャカワイイ。好き」

「……」

「なあ、やっぱり食事はあとでいい？　色々我慢できなさそうなんだけど」

抱きしめる腕の力が緩んで、伸びてきた手にあごをすくい上げられ上向きにされる。一瞬晃良と視線が絡みつき、斜めに傾けられた顔を見て咲良はソッと目を閉じた。

すぐに重なり合った唇の熱さに咲良の唇から小さな吐息が漏れる。本当はこの部屋で晃良とふたりきりになったときから、こうしてキスして欲しかったのだと実感したのだ。

薄く唇を開くとそこからするりと自分のものよりも厚みのある舌が滑り込んできて、咲良のそれに絡みつく。

口いっぱいに晃良を感じて、自分からさらに口を大きく開けて彼を迎え入れる。控え室では怖いとすら感じたキスが今は心地よくて、甘い刺激はぶるりと背筋を震わせてしまうほど気持ちがいい。気づくと手を伸ばして、自分から晃良のシャツにしがみついていた。

「今日は……積極的だな」

唇を触れあわせたままの呟きに、咲良は顔を赤くして上目遣いで晃良を見上げた。

咲良を見つめる目にいつもより熱っぽさが滲《にじ》んでいるように見えるのは、気のせいではないだろう。その目に見つめられていると、なんだか自分が肉食動物に捕食される小動物のような気分になる。

少し怖くてドキドキしてしまうけれど、控え室でいきなりキスをされたときとは違って、今は少しでも長く晃良と寄り添っていたいと感じていた。

「あ、晃良さんが思っているより……私だってキスして欲しかったんですから……」

さすがに目を見るのは恥ずかしくてワイシャツの胸のボタンを見つめながら呟く。すると晃良はなぜか怒ったような声で言った。

「なに、そのカワイイ発言。やっぱり誘ってるだろ」

言葉と声音の違いに顔を上げた瞬間、唇を奪われた。

「ん……っ」

「もう限界。おまえ男慣れしてないし、せっかく紳士的にしようと思ってるのに……煽《あお》りすぎ」

「あ」

ぐらりと身体がバランスを崩し、気づくとベッドに背中を押しつけ仰向けにされていた。

「え、あ……ま、って……」

「待たない」

「あの、で、でも……！」

まるで追い詰められた小動物さながらにあたふたする咲良を見下ろして、晃良はくつくつと喉を鳴らしながらわずかに身体を起こす。

「狼狽《うろた》えすぎ。まあ、そこが可愛いんだけど」

晃良は咲良の足の上に跨《また》がりながら、自身のシャツのボタンを外していく。その仕草の艶めかしさに鼓動が速くなり、咲良は真っ赤になった。

彼とそういう関係になるのは、ある程度覚悟ができていると思う。しかしいざこういう状況になると、やはり慌てて落ち着きを失ってしまうのだ。

昼にキスされたとき経験がないと気づいているようなことを言われたけれど、自分からちゃんと伝えた方がいいのだろうか。

「し、室長……わ、わたし……」

開きかけた唇を、晃良がキスで塞ぐ。

「ん」

「大丈夫だから」

短いその一言で、咲良は言おうとしていた言葉をすべて呑み込んだ。というよりは、さらに深く口づけられて、なにも言えなくなったという方が正しいのかもしれない。

初めて感じる晃良の身体の重みに無意識にシーツを蹴る。先ほどよりも熱をはらんだ口づけに頭の中が真っ白になる。歯の隙間を舌で割り開かれ、熱い粘膜が狭い口中にぬるりと滑り込んだ
「……ん、んんぅ……っ」

ぬるぬると舌先が口蓋や頬の裏を撫《な》でて、その刺激に無意識に顎をあげると押さえつけるように更に口づけが深くなった。

立ったまま口づけていたときとは違い、ベッドの上では空気が切迫していて逃げ場がない。もちろん逃げようとは思わないが、すべてが初めてのことで、このまま身を任せてもかまわないのか不安になる。

「は……ん……ぅ……」

「……カワイイ」

とろりとした甘い眼差しで見下ろされ、キュンと胸が苦しくなる。潤んだ瞳で見上げる

咲良の頬を、大きな手がソッと撫でた。

「大丈夫。優しくするから」

「……」

まるで咲良の不安を見透かしたような言葉と優しい声音に、咲良は素直にこくんと頷いた。

彼は本当に咲良が嫌がることなどしない。それだけは触れている手や唇から感じ取ることができる。

「……室長のこと、信じてますから」

「なに、その殺し文句。まあ期待には応えるつもりだけど」

晃良は楽しげに唇を歪《ゆが》める。はだけた襟元から見えるゴツゴツとした首筋が妙に艶めかしくて、咲良は慌てて目をそらした。

今どき男性の素肌を目にしたことのない女性などほとんどいないだろう。テレビでも雑誌でも半裸の男性を見かけるし、咲良もそれを意識してしまうほど子どもではなかった。

しかし今ははだけたワイシャツから覗く晃良の首筋を見ただけで頭の中が沸騰したかのようにカッとして、いけないものを見てしまった後ろめたさを感じてしまう。

そんな心の動きに気づいたのだろう。晃良はくつくつと喉を鳴らしながら咲良の上に覆い被さり、顔を近づけてきた。

「さて、どうしようか」

わざと返事に困るような言葉を投げかけた晃良の唇はからかうように歪んでいる。咲良が動揺しているこの状況を目一杯楽しむつもりらしい。

「咲良がもうやめてって言うまでたっぷりキスをするとか、服を全部脱がせて身体中にキスするとか？」

そう言いながらチュッと音を立てて頬に口づける。

「おまえがして欲しいことならなんでもしてやる」

明らかに面白がっている余裕の態度が憎らしい。咲良はせめてもの抵抗で男の顔を睨《にら》みつけた。

「……イジワル。答えられないって知ってるくせに」

「そう？　じゃあ俺のしたいこと全部しようっと」

つまり晃良が今口にしたようなキスを身体中にされてしまうということだろうか。一瞬それを想像した咲良の首筋に晃良が顔を埋めるのをみて、ハッと我に返る。今日はどんな下着を身に着けていただろうか。

「ま、待って！　私、今日は下着が……！」

こんなことになると思わなかったから、なんの飾り気もないシームレスの下着だ。薄着でもアウターに響かないとか通気性がいいとか仕事中は重宝するのだが、今日のような状況には相応しくない。

「なに？」

「えーと、今日の下着は色っぽくないというか、視覚的にあまり……」

「脱いだらわからないだろ」

晃良はそう言いながらスカーフを引き抜いた。昼に晃良に口づけられた場所が疼《うず》く。晃良もその場所を確かめるように指でなぞった。

「じゃ、じゃあシャワー浴びましょう！　そうしたらバスローブとかに着替えられるし」

「咲良のバスローブ姿も見てみたいけど、それは次でもいいし。それに俺が興味があるのは中身。咲良自身なんだよね」

そう言いながらチュチュッと首筋や頬に口づけられて、咲良は男の身体の下でモゾモゾと身体を揺らす。

「そ、そうかもしれませんけど！」

「咲良、もう我慢できない」

きっぱりと言い切られて、覚悟を決めるしかなかった。

「う〜〜〜」

言葉にならない声を漏らす咲良の鼻頭にも晃良が音を立てて口づける。

「わかった。じゃあ電気消してさっさと脱がせる。おまえが言うところの色っぽくない下着は見ない。それでいい？」

これ以上抵抗することもできなくて、咲良は仕方なく頷いた。

あまりにもムードのないやりとりに申し訳なくなるが、現実はそんなものなのかもしれない。

　誰もが映画みたいに突発的なラブシーンに対応できるわけではないし、そのことばかり考えていたら日常など過ごせなくなる。自分が憧れていたのは上辺だけの恋愛で、それも人との付き合いを妨げていたのかもしれなかった。

「まったくムードもへったくれもないな。おまえを大事に抱きたいだけなのに」

　晃良も同じことを考えていたらしく、部屋の電気を消しながら呟くのを耳にして申し訳なくなる。

「ご、ごめんなさい」

「別にあやまらなくていい。おまえが俺しか知らないって思うだけで十分昂奮《こうふん》できるから」

「な！」

　思わず起き上がりかけた咲良の手首を引き寄せると、晃良がベッドライトの灯りの中で咲良の服を手早く脱がせ始める。

「じ、自分でできます」

「いいから、大人しくしてろ。脱がせるのも男の楽しみのひとつなんだから」

　抵抗する手を押さえつけられて納得してしまいそうになるが、こうして一気に脱がされるのもなかなか恥ずかしい。それに灯りを消していると言ってもライトはかなり明るくて、晃良が真剣にブラウスの小さなボタンを外している姿や、スカートのホックを探す手の動きもしっかり見えてしまうのだ。

「はい、バンザーイ」

まるで子どもの服でも脱がせるようにブラを頭から引き抜かれて、さらに下肢を守る小さな布に手がかかる。さすがにそこまでされるのは恥ずかしくて、咲良は晃良の手を押さえた。

「ス、ストップ！　とりあえずこれぐらいで……っ！」

「どうせ脱ぐのに」

「そ、そうですけど……！」

必死で抵抗したけれど、最終的には小さな布きれも足の間から引き抜かれてしまった。

「……っ」

自分だけが裸であることがとてつもなく恥ずかしい。咲良が居たたまれなくて手足をギュッと縮こまらせると晃良が小さく笑いを漏らした。

「そうやって隠すのが逆にエロいんだって。無理矢理見たくなるじゃん」

晃良はそう言うと咲良にチュッとキスをして、その身体をベッドに押し倒し、胸を隠していた手を左右に広げてしまう。

「あ……」

フルリと白い胸の膨らみが揺れて、咲良はその無防備な姿に顔を赤くする。

「隠さないでいい」

「で、でも。恥ずかしいです……」

羞恥のあまり涙目になると、晃良はニヤリと口の端を吊《つ》り上げた。

「もっと恥ずかしがれよ。そういうシチュエーションは燃えるから」

「……っ！」

まるで意地悪を思いついた子どものような笑みに、咲良は自分が生け贄《にえ》にでもなった気分だった。晃良のことだから乱暴にされるとは思わないが、咲良が恥ずかしがるのを面白がって嬲《なぶ》られるのは間違いない。

涙目でプルプルと震える咲良を見て、晃良が小さく肩を竦めた。

「言っておくけど、俺だってドキドキしてるんだぞ。やっと好きな女が自分のものになるんだから」

「……」

「だからせいぜい恥ずかしがってろ。その分ちゃんと可愛がってやるし」

その眼差しは優しくて、素直にこっくりと頷いた。

「じゃあ目を瞑ってろよ。ちゃんと気持ちよくしてやるから」

その言葉に、咲良は素直にギュッと目を瞑る。すると次の瞬間咲良の唇を濡《ぬ》れた唇が塞いでいた。

すぐに口の中に熱い舌が入ってきて、咲良の小さな舌にヌルヌルと擦りつけられる。

彼の身体に押さえつけられて逃げ出せない状況で口づけられるのは、少し怖い。すると咲良の思考を読んだかのように晃良が言った。

「怖い？」

目を開けると切れ長の目が心配そうに覗き込んでいて、その気遣うような眼差しに咲良は素直に頷いた。

「……少し」

「嫌じゃない？」

晃良とのキスは気持ちがいい。咲良が大丈夫だという意味で小さく頷くと、晃良がホッとしたように唇を緩めた。

「よかった」

「……」

晃良は処女を面倒くさいと思わないと言ってくれたけれど、やはりこうしていちいち恥ずかしがって手のかかる女は煩わしいはずだ。

「……ご、ごめんなさい」

思わず咲良の唇から零れた謝罪の言葉に、晃良は訝しげに首を傾げた。

「どうした？」

「だって……いちいち騒いで……面倒くさいですよね？　でも、あの……が、頑張りますから」

そう言っても、実際はなにを頑張ればいいのかわからないが、一応嫌ではないという意思表示だ。すると黙って聞いていた晃良が小さく溜息をついた。

「まだそんなこと気にしてるのか？　普通の男は好きな女に自分が初めての相手だって言われたら嬉しいと思うぞ。俺はメチャクチャ嬉しい。一生他のヤツに触れさせたくないって思う」

「……」

「それに、処女には処女の初々しさがあって、俺はけっこう昂奮するんだけど」

そういえば聞き流していたが、先ほどもそういうシチュエーションは燃える云々《うんぬん》と言っていた気がする。晃良が嫌でなければかまわないが、楽しまれるのも微妙な感じだ。

「とにかくおまえが処女だろうが嫌がろうが全部受け入れるから、おまえも俺を信じろ」

「……」

全部受け入れるなんて、なかなかの殺し文句だ。

「それに咲良、さっきから恥ずかしがってるけど、こっちはやる気になってるし」

そう言いながら長い指が胸の蕾《つぼみ》を弾いた。

「ひぁっ！」

少し前から胸の先端がムズムズするとは思っていたが、いつの間にかそこはぷっくりと膨れてツンと立ち上がっている。

「キスだけでこんなに勃たせるなんていやらしい女」

晃良は耳に唇を近づけて囁くと、そのまま柔らかな耳朶を口に含んでしまった。

「や、ん！」

ヌルヌルと舌が擦りつけられ、長い指が硬く尖《とが》った乳首を摘まむ。二本の指で揉《も》みほぐされ、甘い痺《しび》れが腰へと広がっていく。

「は、やぁ……」

コリコリとした刺激に肩口を揺らすと、もう一方の手で柔らかな膨らみを包みこまれて、身体をシーツの上に押しつけられる。

「……ん、は……」

自分で触れたときはなにも感じないはずの素肌に、晃良の指が触れるだけでその場所がひりつくように熱い。痛みはないけれど大きな手で揉みほぐされる感覚は初めてで、咲良はどうしていいのかわからなくなる。

気を抜けば唇からおかしな声が漏れるし、かといって唇を引き結んでいたら息苦しくてたまらない。

「ふ、ん……ぅ……」

必死で唇を噛みしめていると、晃良が舌先で唇をペロリと舐《な》めた。

「噛むなって。あとで痛くなるぞ」

「だって……」

「声を出すのが恥ずかしいのかもしれないけど、すぐに我慢できなくなるぞ。これから本気出すし」

物騒なことを言われた気がするが、やはり恥ずかしいものは恥ずかしい。だが晃良はそれも楽しんでいるようなので、わざわざ口に出して喜ばせるのは、なぜか悔しかった。

咲良がなにも言えずにいると、晃良は口を大きく開けて指で嬲っていた乳首をぱっくりと咥《くわ》え込んだ。

「ひぁっ、ん！」

生温かい口腔《こうこう》の熱と粘膜が吸い付く刺激に、あられもない声が漏れる。晃良は上目遣いで咲良を見上げると、今度は長い舌で赤い先端をねっとりと舐めあげ始めた。

硬い膨らみが舌先で転がされたり、唇で強く吸い上げられる。そのたびに先端からキュンと痛みにも似た痺れが伝わって、下肢にまで広がっていくのを感じた。

「あ、あぁ……ん、や、それ……ぇ！」

「これ、好き？」

乳首を咥えたまま尋ねられ、咲良はふるふると首を横に振る。

「嘘《うそ》つき。さっきから腰が揺れてるくせに」

そう指摘されるまで、咲良は自分が彼の下で身悶《みもだ》えていることに気づかなかった。

足の間、身体の奥の方からなにかが染み出す感覚が恥ずかしい。

きっと晃良にはすでにお見通しだろう。その考えを肯定するように、まだ重なり合った花弁の上に何度も指を擦りつけられる。

「ん、ふ……ぁ」

触れられるたびに奥が疼いて、もっと触れて欲しくて仕方がない。しかそれを告げることはできなくて、咲良は無意識に身体を揺らす。

　すると咲良のもどかしさに気づいているのかいないのか、晃良はワイシャツとスラックスを脱ぎ捨てると、肩を抱くようにして裸の咲良の隣に横になった。

　お互いの素肌が触れあって、先ほどよりも彼の熱をリアルに感じられる。咲良よりも少し高い体温と、男性の体臭が鼻腔に入り込んで来て、それだけでクラクラしてしまう。

「咲良」

　名前を呼ばれて視線をあげると、柔らかなキスが唇を塞いだ。

　晃良とのキスは好きだ。自分から口を開けるとすぐに厚ぼったい舌が入り込んで来て、口の中で動き回る。

　頬の内側や口蓋など少しざらつく舌と薄い粘膜が擦れ合う刺激に、背筋からなにかが這《は》い上がってくるような気がして身体が震えてしまう。

　大きな手が白い膨らみを揉みほぐし、ときどき指先が胸の先端をクリクリと捏《こ》ね回していく。

「んふ！　んん……ぅ……」

　先端に刺激を与えられるたびに身体が跳ねてしまい恥ずかしい。まるで陸に上がった魚のようで、大きな手はその反応を楽しむように身体中に熱を残していく。

　恥ずかしいのに、もっと触れて欲しい。不思議な感覚だった。

　唇がゆっくりと首筋から胸元へと下りてきて、すっかり熟れきった乳首をぱっくりと咥え込む。ちゅぱちゅぱと音を立てて吸われるたびに、足の間がさらに潤んできて、早くその場所に触れて欲しくてたまらなくなる。

するとまるで咲良の気持ちを感じ取ったかのように晃良が呟いた。

「指、挿れていい？　ちゃんと濡れてるから、力を抜いてれば痛くない」

咲良はこっくりと頷いた。なんだか自分がなにも知らない小さな子どもになったみたいだ。実際なにも知らないようなものだから、大人しく晃良に身を任せるしかなかった。

「足、開いて」

ギュッと閉じていた太股をわずかに緩めると、その間に晃良の手が滑り込む。最初は重なり合った花弁の境目をゆるゆると撫で、筋張った指に咲良の体液が絡みつく。

それはちょうど潤滑油のようで、晃良がわずかに力を込めたとたん、ぬるりと蜜孔の入口に滑り込んだ。

「あ……」

咲良がビクリと震えると、肩を抱いていた手に力がこもり、こめかみに唇が押しつけられる。

「しー……大丈夫だから」

囁きと共に、蜜孔に長い指がつぷりと押し込まれた。

晃良の言葉通り濡れているからなのか、異物感はあるが痛みはない。

「ほら、大丈夫だろ？」

その言葉に頷くと、長い指が馴染《なじ》ませるように膣胴の中でゆるゆると動き出した。

「ん……ぁ」

内壁を指が擦るたびに腰がムズムズとする。しかも少しずつ自分の中から溢《あふ》れる蜜が増していている気がして、それが恥ずかしくてたまらない。

「奥、わかる？」

筋張った指がグッと押し込まれて、手のひらが重なりの下に隠れた敏感な場所を押し潰す。指を抽挿されるたびに咲良の息が少しずつ乱れていき、晃良はあやすようにその頭を胸の中に抱え込んだ。

「は……ぁっ、ん、あ……」

「ゆっくりするから……ちゃんと摑《つか》まってろ」

甘ったるい言葉に、咲良は晃良の広い胸にすがりついた。

「しつ、ちょぉ……」

そう呟いた声は鼻にかかって媚《こ》びるようで、自分の声ではないみたいだ。

「違う。ちゃんと呼んで」

「……え」

一瞬呆けて、それから言葉の意味を理解した。

「晃良、さん……気持ち、いいの……」

掠れた声で呟くと、咲良の肩を抱いていた力が不意に強くなる。突然足の間から指を引き抜かれたかと思うと、二本に増やされて再び乱暴にねじ込まれる。

「あっ」

「ほら、二本挿った」

顔は見えないけれどその声は少し焦れているようで、さっきほどよりも指の動きが激しくなったような気がした。

「早く……咲良のなかに入りたい……」

ギュッと頭を抱え込まれて、掠れた呟きは咲良の耳にはくぐもって聞こえて意味までは聞き取れない。それよりも自分の身体から溢れる蜜が晃良の指を濡らしてしまうことが恥ずかしくてたまらなかった。

晃良もそれがわかっているから指の愛撫で感じ入る咲良の耳に唇を押しつけて、熱い息を吹き込んでくる。

「ほら、わかるか？　こんなに奥まで……もうトロトロになってる」

「ひぁ……っ」

いやらしい身体だと言われたようで恥ずかしい。そう思った瞬間下肢がキュンと震えて、膣洞が晃良の指にキュッと絡みつく。

「あ……」

「なに？　いやらしいこと言われて感じちゃった？」

「ちが……」

「違わない。今俺の指を締めつけてただろ。咲良はいやらしいことを言われると感じるんだ」

かぁっと頭に血が上って、逆上せたときみたいにクラクラしてくる。

「あーもう、ホントかわいい。その顔、もっと見たい」

晃良はそういうと、咲良の胎内から指を引き抜いて起き上がる。咲良がなにをするのかと視線で問うよりも早く、晃良は開いた足の間に身体を割り込ませた。

「……っ」

咲良の足に手をかけ足を大きく開かせる。ギョッとする咲良に満面の笑みを向けたまま、蜜で潤んだ蜜口に顔を近づけた。

やっと晃良がなにをしようとしているか気づいた咲良は声をあげる。

「待って！」

しかし晃良は素早く咲良の腰を引き寄せると、あろうことか咲良の濡れた花弁に顔を埋めてしまった。

「ひっ……いや……ぁ」

そういう行為があることは知っているが、実際にされるのと話に聞くのとは違う。自分でもよくわからないところを口で愛されるなんて信じられないし、なにより死にそうなほど恥ずかしい。

「だめ、やめて……」

それなのに晃良は当たり前のように花弁を舐めしゃぶり、愛蜜を舐めとるように舌を這わせ始める。

敏感な場所に熱い息がかかり、それだけでも身体の奥から疼きが湧き上がってきて、なにも考えられなくなる。

熱い舌が花弁を丁寧に割り開き、その奥に隠れていた小さな粒を剝き出しにする。空気に触れただけで疼くその場所も晃良は舌先を使って丁寧に愛撫していく。

「あっ！　んんっ……んんぅ！」

硬く凝った小さな花芯にざらつく舌が擦りつけられて、咲良の華奢《きゃしゃ》な腰やしなやかな脚がそのたびにビクビクと跳ねる。

「こっちも開いてきた」

晃良は蜜孔の入口でそう呟くと、今度はそこに長い舌を押し込んできた。

「いや、いや……そんなとこ、舐め……んんぅ……！」

指で擦られたところよりも浅い場所を舐められているのに、さらに奥が疼いて仕方がない。

「あ、あ、あ……」

快感を逃がしたくて無意識に脚に力が入って、勝手に腰が浮き上がってしまう。それは晃良にもっとして欲しいとねだっているみたいでいやなのに、身体が勝手に動いてしまうのだ。

「咲良、可愛い」

いつもより甘い声がひどく身体を疼かせる。

晃良がクチュクチュといやらしい水音をさせて隘路《あいろ》を舌で舐め回し、時折愛蜜を啜り上げる。とんでもなく淫らな行為なのに、次第に身体が愉悦に支配されて、なにも考えられなくなっていく。

恥ずかしいという感情より、もっと気持ちよくなりたいという感情が急いて身体を疼かせてしまうのだ。

「ああ、こんなに柔らかくなってる」

舌で愛撫されていた蜜孔に再び筋張った指が挿ってきたが、咲良はその圧迫感に目を見開いた。

「何本挿ったか、わかるか？」

先ほどとは違う、ねじ込まれるような違和感に首を横に振る。

「もう……三本も飲み込んでる。これなら俺のも挿るかな」

その言葉に咲良は急に不安をかき立てられる。ふと最初は痛いものだという、女子の間で話題になる定番の言葉が思い出されたのだ。

クチュクチュと太い指で隘路をかき回されるだけでも苦しいのに、晃良のものを受け入れられるものだろうか。

不安に顔を歪ませる咲良を見て、晃良はなぜか唇を笑みの形にする。

「そんな顔するなって……逆にもっと虐めたくなる」

「……えっ」

ギョッとする咲良にむかって微笑むと、晃良は隘路を愛撫していた指の動きを大きくした。ゴツゴツとした指が少し乱暴に抽挿され、咲良の細腰がガクガクと震える。

身体の奥で小さくくすぶっていた炎を無理矢理かき立てられて、お腹の奥がカアッと熱くなっていく。

「あ、あ、あぁ……！」

控えめだった水音が大きくなって、咲良の顔が苦しげに歪む。時折先ほど愛撫された感じやすい粒が擦られて、さらに身体の疼きを煽るのだ。

「……ぁあ……は、あぁ……」

「そのまま、感じてろよ」

晃良は指を抽挿させたまま頭を下げると、そのまま咲良の疼く花芯に唇を押しつける。晃良の薄い唇はその場所を挟むと、まるで蜜でも吸うようにその場所をちゅうっと吸い上げた。

「ひぁあっ！」

痛みにも似た強い快感に目の前にチカチカと星が飛び散る。

思わずシーツを蹴った咲良の腰を力強い腕が押さえつける。指で内壁を激しく刺激され、花芯を強く吸い上げられた咲良は半ば強引に初めての快感の高みへと押し上げられてしまった。

ピーンと身体が張りつめて、お腹の中がキュンキュンと痙攣するのがわかる。晃良の腕で抱きしめられていなければ、その場をのたうち回ってしまいそうなほどガクガクと脚が震えた。

「あ……あ……あぁ……」

フッと身体の緊張が解けて、四肢から力が抜ける。次の瞬間蜜孔からとろりとしたものがどっと溢れ出した。

脚の間やシーツを濡らしていく感触が恥ずかしくてたまらないのに、身体に力が入らない。

〝イク〟という言葉は知っていたけれど、実際に自分がどんなふうになるのかまでは想像できなかったが、これは説明されたとしても理解できることではなかった。

身体が熱くて胸が痛くて早く楽になりたいのに、今ももうまたあの感覚を味わいたいと期待してしまう不思議な体験で、まだ自分の身体がどうしてこうなってしまったかよくわからない。

放心という表現がぴったりで、シーツの上に身体を投げ出し荒い呼吸を繰り返す咲良の顔を晃良が覗きこんできた。

「ちゃんとイケたな」

大きな手が頭を撫でたけれど、脱力した咲良は重い瞼《まぶた》をあげて、言葉もなくぼんやりと晃良の顔を見上げることしかできなかった。

　咲良の返事は期待していなかったらしく、晃良は咲良の額にかかった髪をかき分けると、そこに唇を押しつけた。

　ぼーっと晃良が下着を脱ぐのを見つめていると、視線に気づいたのか晃良がクスリと笑いを漏らした。

「大丈夫か？　初心者には刺激が強すぎたか」

　からかうように微笑み、咲良の上に覆いかぶさってくる。

　膝を割られて、足の間に硬いものが押しつけられるのを感じて、静まりかけていた身体が再び疼きだす。

「あ……」

「わかるか？」

　グッと体重をかけられると、太股や下腹部に雄の形が生々しく伝わってくる。

「咲良のなかに入りたい」

　ゆるゆると腰を擦りつけられ、花弁から溢れた愛蜜が雄芯にまとわりついていく。ヌルヌルとした刺激は指や舌で愛撫されたときとはまた違う感覚で、素肌がピリピリとして鳥肌が立つ。

「ほら、もう入りそう」

「あ……」

硬い先端がぬるりと蜜孔の周りを刺激して、咲良は小さく息を呑む。

晃良がその気になれば、咲良の膣洞はこの硬く滾《たぎ》った肉竿でいっぱいにされてしまうだろう。もちろん今さら嫌だとは言わないが、やはり少し怖い。

怯《おび》えた表情が伝わったのだろう。晃良が頭を下げて、咲良の唇を優しく吸い上げた。

「ん」

「ほら。手、貸して」

晃良はそう言って咲良の手を捕まえると、自分の肉竿に添えさせる。

「あ……」

先ほど服を脱いでいるときにチラリと目にしただけの雄芯の硬さにドキリとする。生温かくて、咲良の指が触れたとたん生きもののようにビクリと震えた。

「ここ、触って……挿っていくの感じてて」

咲良の手を先端に添えさせたまま、濡れた蜜口に雄をあてがう。

「怖くなったら止めていいから」

晃良はわずかに目尻を下げると、ゆっくりと自身を咲良の胎内に押し入れる。

「ひぁ……」

愛蜜で潤った蜜口は難なく先端を受け入れて隘路を割り開いていく。痛みよりも大きな異物が身体に挿ってくる感覚に咲良は小さく声をあげた。

「あ、や……挿……って……んぁ……」

指で馴らされた場所よりも深いところに先端がさしかかり咲良の身体にも痛みが走る。雄芯は咲良の手の中でドクドクと脈打ちながら膣洞の中に少しずつ沈んでいく。

手で触れていても大きなものだとわかるのに、それが自分の胎内に入っていくなんて信じられない。

「あ、きっつ……」

晃良が呻《うめ》くような声をあげ、咲良の手に重ねられていた手が離れて太股に触れる。そのまま足を大きく広げられ、咲良の手の中で雄芯がさらにずるりと蜜口に押し込まれた。

「あ……あ……や……ぁ……」

指では馴らせなかった隘路を肉竿で押し開かれるのは素肌を裂かれるようで、ピリリとした痛みに咲良は思わず背を仰け反らせシーツを蹴る。

すると晃良が咲良の腰を引き寄せ、残りの肉竿を咲良の深いところまで押し込んでしまった。

「あ、や……ぁっ……」

晃良の首に手を回ししがみつく。今までにないぐらいふたりの身体がピッタリと寄り添い、咲良の一番深いところで雄芯が熱量を増した。

「はぁ……っ」

晃良の唇からも切なげな声が漏れる。

「大丈夫か？　全部挿ったの、わかる？」

頬を擦りつけるように顔を覗き込まれる。相変わらず咲良のことだけを気遣う眼差しに、今さらだが胸がキュンと苦しくなった。

晃良が優しくしてくれているおかげで、話に聞くほどの痛みではない。咲良が小さく頷き返すと、晃良がご褒美のように咲良の華奢な身体を抱きしめた。

「まだ動かないから」

「……うん」

ただこれだけの会話なのに、幸せすぎて胸がいっぱいになってしまう。

いつも仕事をしている少し苦手だった上司と裸で抱き合い、誰よりも深いところで繋《つな》がっているのが不思議だった。

「おまえのなか、最高に気持ちいい……」

吐息混じりに呟かれて、それだけで身体が熱くなる。下肢に甘い痺れが走って、内壁が晃良の雄に絡みつく。

「は……っ」

晃良の唇から苦しげな吐息が漏れて、咲良の顔に熱が降りかかる。その熱さが咲良にも伝わって、またその刺激に雄芯を締めつけてしまう。

「あ……ホントヤバイ……挿れてるだけでイキそう」

その声は艶めいていて、男性なのに色気を感じる。晃良も先ほどの咲良のように身体が昂っているのだろうか。頭をもたげると、苦しげな表情を浮かべた晃良と視線がぶつかっ

た。

「はぁ……ちょっと動いてもいい？」

その声は切羽詰まっていて、咲良が頷くと晃良はわずかに唇を緩め、ゆっくりと身体を引き上げた。

「んん……っ」

膣洞の薄い膜を擦りながら肉竿が咲良の胎内からゆっくりと引き抜かれる。挿ってきたときは無理矢理押し込まれるような痛みを感じたけれど、今はぞくりとした甘い痺れを残しながら引きずり出されるのがいっそ切ないぐらいだ。

「あ、ン……」

すぐに肉竿が押し戻され、閉じかけていた隘路が再び開かれる刺激に、自然と唇から甘ったるい声が漏れてしまう。

晃良が動くたびに咲良の身体の奥から新たな蜜が溢れ出し、クチュクチュと卑猥《ひわい》な音を立てるのが恥ずかしくてたまらなかった。

「痛くない？」

わずかに鈍痛はあるが、晃良の動きを静止するほどの痛みではない。

咲良が頷くと、晃良はホッとしたように唇を歪めて口を大きく開き、尖った胸の尖端を口に含んだ。熱い舌で舐めあげ、時折強く吸い上げる。濡れた粘膜が感じやすくなった乳首にヌルヌルと擦れ、そのたびに繋がっている場所がキュンと痺れて腰が大きく揺れてしまう。

「これ……んん……っ……あぁ……」

さっき胸に触れられたときよりも身体が敏感になっていて、赤く熟れた乳首を舐め転がされると快感のあまり背筋が勝手に反り返ってしまう。

「ん……や、吸わな、で……ん、ぅ……！」

「良くなってきた？」

晃良はそう尋ねながらも胸を嬲る仕草を止めず、さらに強く先端を吸い上げながら腰を押しつけてくる。

「や、あ……」

強い快感が怖くて手で頭を押し返すけれど、逆に口腔に深く乳首を咥え込まれて律動が激しくなった。

「あっ、あぁ……や、ん！　んん……っ！」

硬い雄芯でお腹の奥を突き回されて、何度も膣壁を擦りあげられる。まだ快感に慣れていない身体は強い刺激に戦慄き、咲良は苦しさのあまり鼻を鳴らした。

「や、ん、……んんぅ！」

先ほど舌で愛撫されたときとは違い、お腹の奥で熱がくすぶっていてそれをどうやって解放すればいいのかわからない。もどかしさに身悶えると、晃良が散々舐めしゃぶった乳首から唇を離し、下肢をつなげたまま半身を起こす。

「まだ……胎内ではイケないか」

なにを言われているのかわからない咲良は、潤んだ目ですがるように見上げることしかできない。

「なんだよ、その期待に満ちた眼差し」

晃良はクッと笑うと、手のひらで咲良の頬をあやすように撫でる。

「さっき舐めたときは……ここも気持ちよさそうだった。覚えてる？」

晃良がそう言うと頬に触れていた手をふたりの繋がった場所へ滑らせ、咲良がひどく感じてしまった花芯に触れた。器用に指先で膨らみに触れると、その場所にクリクリと刺激を与え始める。

「や！　ダメ……そこ、触らな……で！」

吸われていた乳首よりさらに敏感なそこは、今触れられたらおかしくなってしまう。

「待って……ホントに、あぁ……っ……」

晃良の指の下で花芯がぷっくりと膨らんで、激しい愉悦が湧き上がってくる。身体の奥が収斂《しゅうれん》して痛いぐらいだ。

「手、どけて……ん……っ」

「どうして？　なかがキュッってなって、俺に食いついてくるけど」

「いやぁ……や、なの……ぉ……」

咲良らしくない甘えた口調に晃良の唇が嬉しそうにつり上がったが、強い快感に意識を奪われている咲良はその表情に気づかない。

晃良は丁寧に花芯を擦りながら、もう一方の手で咲良の足を肩にかけて律動を繰り返す。

「や、あぁ！　んぁ……あぁぁっ……」

咲良の胎内からは新たな愛蜜が次々と溢れ出し、ふたりの繋がった場所からシーツへと零れ落ちた。

晃良が動くたびに今までとは比べものにならないぐらいの愉悦が身体中に広がって隘路が戦慄く。このまま晃良に身を任せていたら、おかしくなってしまいそうで怖い。

「やだ、やだ……ぁ……」

咲良はむずがる子どものように訴えると、晃良にむかって両手を広げる。

「ギュッて、して……」

こんなの自分らしくない。そう思うのに身体が、唇が勝手に動いてしまう。

「クソッ……」

晃良もそう思ったのだろう。唇から怒ったように悪態が漏れた。

「……煽るなって言ってるだろ！」

晃良は乱暴に咲良の身体を掻《か》き抱くと、そのまま乱暴に律動を始めた。

今までより深いところに雄芯をねじ込まれて、咲良の身体がビクリと波打つ。晃良はその身体をさらに押さえつけるように腰を振りたくる。

「あ……はぁ……っ、ん、あぁ……！」

最奥に届くほど深く雄芯を突き上げられると、指で愛撫されて感じやすくなった粒が押し潰される。指や舌での愛撫よりも強い刺激に涙が滲んでしまう。

「や、も……ダメぇ……！」

「ダメ……じゃ、ない……は……ぁ……」

身悶える咲良の耳元で掠れた声が聞こえたが、快感に思考が蕩《とろ》けてしまって言葉の意味が理解できない。晃良は身体の下でのたうつ咲良を押さえつけると、さらに激しく咲良の中を突き上げていく。

「も、や……あっ、あぁ……は……ああっ！」

お腹の中がこれまでにないぐらい大きく痙攣して、濡れ襞《ひだ》が雄芯を強く締めつける。堪えきれなくなった咲良が快感の頂点へ駆け上がるあとを追うように、膣洞の中で雄竿が苦しいほど怒張する。

一番深いところで晃良の雄がビクビクと震えるのを感じて、切なくてたまらない。咲良の眦《まなじり》から涙が零れて、晃良がその場所に唇を押しつけた。

「あ、あ、あ……」

晃良が身体をブルリとさせて、ヒクヒクと震える咲良の華奢な身体をぎゅうっと抱きしめた。

「ん……ん……」

「はぁ……」

晃良は切なげな溜息を漏らしたあと、咲良の耳元で小さな笑いを漏らす。その声は満たされている。

「咲良のなかで……いっぱいだしちゃった」

咲良はとんでもない言葉を耳にして、ギョッとして目を見開く。するとそれを見越したように、目の前では晃良がニヤニヤ笑いを浮かべてこちらを見つめていた。

「バカ。ちゃんと避妊してるよ。そんな危ないことするわけないだろ」

晃良はゆっくりと身体を起こして、咲良の胎内から自身を引き抜いた。

その言葉にホッと胸を撫で下ろしたが、途中からはなにがなんだかわからなくて、晃良がいつ避妊具を使ったのかも記憶にないのだ。

「おまえ、相手が避妊してるかどうかぐらい確認しろよ。危ねーぞ。まあ、おまえの相手は俺だけだから、俺に任せとけばいいけど」

内容は呆れているように聞こえるが、口調は優しい。咲良が困るようなことは絶対にしないから安心しろと言われているような気がした。

「知ってるか。初めてが一番妊娠しやすいって説があるの。咲良が試してみたいって言うなら協力するけど」

咲良の隣に身体を投げ出した晃良が、さらにとんでもないことを口にする。

「け、結構です！」

胸の中に引き寄せられながら首を横に振ると、晃良の唇から笑い声が漏れた。

「だよな」

汗ばんだ胸に頭を押しつけられて、自分のものではない荒々しい体臭にドキリとする。少し獣じみた男の匂いだ。

なんだか急に冷静な自分が戻ってきて、裸で晃良の腕の中にいるのが照れくさくてたまらなくなる。顔を見られるのが嫌で腕の中でくるりと背を向けると、後ろから羽交い締めにされてしまう。

「こら、逃げるな」

お互いの素肌がピッタリと重なり合って、呼吸するたびに波打つ晃良の胸や微かな鼓動まで感じてしまう。

「なんか急に腹減ってきた。今何時だ？　ルームサービスやってるか？」

晃良は咲良を抱きしめたまま起き上がると、サイドテーブルに放り出してあったメニューに手を伸ばした。

「まだ間に合うな。どれにする？」

先ほどと同じように膝の上にのせられてふたりでメニューを覗き込んだが、胸がいっぱいすぎて食欲がわかない。

「……うーん。私、あんまりお腹空いてなくて」

素直にそう口にすると、晃良が背後から頬を寄せてくる。

「ダメ。なんでもいいからちゃんと口に入れろ。じゃないとこのあと持たないぞ」

「え？」

「食事したら続きするから」

「ええ⁉」

　咲良はギョッとして晃良の顔を見上げた。髪こそ乱れているけれど、その顔には疲れの色は見えず元気そうだ。咲良の方はまだ身体がだるくて、できればこのまま横になりたい気分なのに。

　ああ、でも不自然な格好ばかりしたから、お風呂ぐらいは入っておかないと明日身体が痛くなってしまうかもしれない。咲良はまだぼんやりとした思考でそんなことを考える。

　すると晃良は備え付けの電話に手を伸ばすと、勝手にいくつかのメニューを注文してしまった。

「あんなにたくさん頼んで大丈夫ですか？」

　サンドイッチ以外にもサラダやケーキなどをオーダーしていたのを耳にして、食欲のない咲良は心配になる。

　すると晃良は膝の上の咲良の頭をあやすように何度も撫でた。

「大丈夫。おまえが自分で食べられないなら俺が食べさせてやるから」

「……」

　なにが大丈夫なのかはわからないが、晃良が咲良を甘やかそうとしてくれているのはわかる。それが嬉しくて、咲良は擽ったい気持ちになりながら晃良の腕の中で頷いた。

8　マイフェアレディ

晃良と初めて夜を過ごした翌朝、ふたりはホテルの近くに入っている複合型ファッションビルのカフェで朝食をとった。前日も同じホテルだったから外に出ようと晃良に提案されたのだ。

休日の朝ということもありまだ開いている店も少なく、カフェは賑《にぎ》わっている。梅雨の最中だというのに朝から真夏のように晴れていたからか、晃良は迷わず外の席を選んだ。日よけのパラソルはあるけれど、寝不足の身体に朝の強い日差しは少し辛い。今日が土曜日で良かったと思いながら腰を下ろした。

「ここはパンが美味しいんだって」

メニューを手渡され、咲良は具だくさんなサラダと焼きたてのパンがついたセットとカフェオレを、晃良はエッグベネディクトのセットにコーヒーをオーダーする。

店員がオーダーを聞いて下がったとたん、晃良がテーブル越しに咲良に手のひらをさしだした。

「手、出して」

意味がわからなかったが、咲良は言われるがまま右手をテーブルの上に置く。すると晃良の手が素早くそれを握りしめる。

「……あ」

「やっとだ」

キュッと手を握りしめられ、晃良の手のひらの熱さに心臓が大きな音をたてる。昨日からドキドキしすぎていて、寿命が縮まってしまったのではないかと心配になるほどだ。

「し、室長？」

「呼び方、戻ってるし」

「だって……」

昨夜はムードというか勢いもあったけれど、やっぱりこうして朝の健全な空気の中だといつもの気持ちに戻ってしまう。それにふたりのときと仕事で呼び方を変えていたら、間違えてしまいそうな気がするのだ。

「まあいいや。それはおいおいな」

「……はい」

そこへ店員が飲み物を運んできて、咲良は握られていた手を引こうとしたが、晃良の手がそれを許さない。テーブルの上で握られたままの手が恥ずかしくて、咲良は店員と視線が合わないように目を伏せた。

「なんでそんな顔してんの？」

ふたりきりになった晃良の言葉に、咲良は唇を歪《ゆが》めた。

「だって……室長が手を……」

「別に悪いことしてるわけじゃないし、堂々としてればいいだろ」

「室長は慣れてるのかもしれませんけど、私は恥ずかしいんです！」

晃良のあっけらかんとした返しに、咲良は頬を膨らませてプイッと顔を背けた。

「怒るなって。なんだよ、慣れてるって。好きな女と一晩過ごしたあとの余韻に浸ってるだけだろ」

晃良は悪びれもせずそう言い切ると、咲良の手を握る手に力を込めた。

「な、なんですか、それ……」

咲良は顔が赤くなるのを見られたくなくて下を向く。

そんな恥ずかしい台詞をさらりと言えるところが女性慣れしているのだと言い返したいけれど、晃良の言葉は決して嫌ではない。自分がそんなドラマのヒロインのような台詞を言われる立場になると思っていなかったから戸惑っているのかもしれなかった。

「山口咲良さん、俺と付き合ってもらえますか」

いきなり聞こえた改まった言葉に、咲良はハッとして顔をあげた。すぐに晃良の黒々とした眼差しとぶつかって、息が止まりそうになる。

「山口のことは、入社してきたときから可愛いと思ってたんだ。真面目だし、いつも他のメンバーならそれなりに対応してお茶を濁すようなことでも真剣に向き合ってて、いいヤツだなって。でもおまえ俺に対してすげえ塩対応だったし、俺も社内恋愛はしないって決めてたから最初のうちは動くつもりはなかったんだ」

それなのにどうして自分に交際を申し込むというのだろう。専務の専属になったばかりで異動になるとは思えないが、ふたりは同僚ではなくなるということだろうか。

「室長……会社辞めるんですか？」

「どうしてそうなるんだよ。なに？　俺に辞めて欲しい？」

咲良は手を握られたまま慌てて首を力いっぱい左右に振った。

「ち、違います！　だって室長が社内恋愛はしないって言うから」

社内恋愛をしないと言った上司に交際を申し込まれればそう考えてもおかしくないはずだ。部外者になるから部下との恋愛を解禁する気になったということだってありえる。

「最後まで聞けって。今回おまえと一緒に仕事をしているうちに、そんなことを考えている自分がいかにバカだったか思い知ったの。俺のことを好きじゃない女が気になって仕方がなくなって、なにがなんでも手に入れたくなった」

「……」

こんなドラマや映画に出てくるような言葉を現実で耳にするなんて信じられない。ましてやそれが自分に向けられたものだなんて、夢でもみているみたいだ。

「最初は時間をかけておまえに振り向いてもらおうと思ってたんだ。式典のこともあったし、すべてが終わってから交際を申し込むつもりだった。我慢している間におまえが藤原や相川にかっさらわれたらどうしようって気が気じゃなかったけど」

「か、かっさらうって……藤原さんが食事に誘ってきたのは仕事仲間としての社交辞令じゃないですか。相川さんは私なんか眼中にもないと思いますよ」

「そういうところが鈍感なんだよ。まあそのおかげで他の男に先に手を出されることもなかったんだけどさ」

「室長以外私に手を出した人なんていませんから！」

咲良は思わずそう叫んでから、なんてことを口にしてしまったのだろうと顔を赤くする。

そんな咲良を見て、晃良が満足げに微笑んだ。

「そう。俺以外見るなよ？　いつも俺に塩対応のおまえが、俺がからかうたびに可愛い反応するから、ついちょっかいだしたくなっちゃってさ。昨日だって文乃にヤキモチを焼くのも可愛いかったし、仕事中だってわかってたけどどうしてもキスしたくなった。おまえ俺のことチャラいって言ってたから、勢いでどうこうしたくなくてすげー気を使ってたんだぞ。まあ結局最後はかなり強引だったことは認めるけど」

照れたように呟《つぶや》くと、晃良が繋《つな》いだ手に力を込めた。

「山口が好きだ」

「……」

「ね。俺の彼女になってよ」

はっきりとそう告げられて、かぁっと頭に血が上る。

これまでのような思わせぶりな態度や、冗談めかした曖昧な言葉ではない。

「……本気、ですか？」

ここまではっきり言われて疑うつもりはないのに、いざとなるとそんな言葉しか出てこない。晃良は相変わらず躊躇《ためら》いを見せる咲良に呆《あき》れる様子もなく、唇にうっとりと見蕩《みと》れてしまうような甘い笑みを浮かべた。

「何度もそう言っただろ。おまえのこと口説いてるって」

「……」

「まだ信じられない？　どうしたらいい？　おまえに俺の本気が伝わるまでキスし続けるとか」

「ま、またそういうことを！　ふざけないでください！」

今にも腰を上げてキスをしに近づいてきそうな晃良の勢いにビクリと身体を震わせる。手を引き抜こうとしたけれど、強い力で握りしめられていたから、それ以上物理的に彼から離れることはできなかった。

晃良に対して、頑なだったことは認める。いつも冷たくあしらったり咲良に厳しく言い返されたりして、彼はどう思ったのだろう。

その時の自分の拙い言葉や態度を思い返したら、顔から火が出てしまいそうなほど恥ずかしい。しかもその顔を隠したいのに、片手を拘束されているせいで隠すことも出来ず、顔の熱さを感じながら涙目になってしまう。

「い、いまさらじゃないですか……だって、もうキスだって何度もしたし、昨日は……泊まったし。今さら付き合ってないと言われたら、逆に困るんですけど！」

ここまできてこんな言い方しかできない自分が情けないが、いきなり甘えることなんてできそうにない。

「だよな」

相変わらずの咲良の言葉に晃良は気を悪くすることもなく微笑むと、いつの間にか冷めてしまったコーヒーを口に運んだ。


晃良と正式に付き合うようになって数日が過ぎたが、その日々は咲良が想像していたよりもとにかく甘かった。むしろ甘すぎてどうにかなってしまいそうだ。

これまでの咲良の日常を海苔《のり》せんべいに例えるなら、晃良との付き合いはカラフルなアイシングがたっぷりかかったクッキーとか生クリームとチョコレートソースがたっぷりかかったフルーツパフェとかそんな感じで、晃良にはナイショだがその甘さにキュンとして、さらに晃良を好きになっている自分がいた。

つまりは胸焼けすることもなく咲良もその生活を楽しんでいるのだが、正直自分がそんな愛され女子の立場になるなんて想像したことがなかったから、本当にこの日々が現実なのかふと疑ってしまうときがある。

晃良は現社長の息子で仕事もできるし、次男とはいえ将来的には長男俊哉のように重役になる可能性がある。そのバックボーンとあの人当たりのいい性格で女子社員からも引く手あまたの彼が、本気で自分を選ぶことがあるのだろうかと考えてしまうのだ。

　そういうときに黙っていられないのが咲良で、会社帰りに誘われた食事の席で晃良に直接そう訴えた。

「おまえ、そんなこと気にしてたの？」

　居酒屋で向き合ってビールを飲みながら、晃良はクックッと喉を鳴らした。

　その余裕な態度が憎らしくて、咲良は頬を膨らませて晃良を睨《にら》みつけた。

「ていうか、室長は誰に対しても思わせぶりすぎるんですよ！　普段室長がみんなに接する態度を見てたら、私にもみんなと同じようにリップサービスしてるんじゃないかって疑ってもおかしくないと思います」

「思わせぶりって、それもおまえの嫌いなチャラい男の定義のひとつか？」

「そうですよ。自分のか……彼氏が……他の女の子に優しくしてたら、仕事だとわかっていてももやっとするものなんです。それでなくても室長モテるし、優しく声をかけられたら自分のことを好きなんじゃないかって誤解させることもあるんですよ」

「おまえは？　誤解してくれた？」

　晃良も咲良のことを好きでいてくれたのだから誤解ではないが、彼の術中にはまったのは間違いない。

　晃良だって自分の計画通りになったことに気づいているはずなのに、口ごもってしまった咲良にニヤニヤと思わせぶりな笑みを向ける。

それにこうして口にしてしまうと咲良の方が熱烈に思いを寄せていて、ヤキモチを焼いていますと告白しているみたいだ。

「私のことはいいんですよ！　私以外の人の話をしてるんですから」

「わかった。女子社員が多い職場だから冷たくするとか無視するとかはできないけど、やり過ぎないように気をつけるから」

あっさりと受け入れられて、ちょっと驚いてしまう。

「いいんですか、そんなに簡単に約束して」

「そりゃもう、好きな女に信じてもらえるなら努力するさ」

晃良の唇から出た〝好きな女〟という言葉に無意識に顔を赤くしてしまう。

「でもさ、相手の気持ちが知りたかったら、少しぐらい鎌かけたりするだろ」

「そうなんですか？」

「男ってさ、結構ナイーブなんだぞ。この女が俺のことをどう思ってるのか、もし脈がないのなら断られて気まずくなりたくないって思うんだよ。ましてやおまえは部下だし、あんまり強く出てパワハラなんて言われたら大変なことになるしさ」

「室長がそんなこと考えてるなんて、意外です」

いつも自信たっぷりで、女性の扱いに長けているのにそんなことを考えていたなんて想像できなかった。それに付き合う前からキスだってしてきたくせに。

「女ならどんとこい！　来る者は拒まず去る者は追わずのスタイルなのかと思ってました」

「おまえ、俺をどんなヤツだと思ってたんだよ」

晃良は「はぁっ」と溜息《ためいき》をついてグラスのビールを呷《あお》った。

「言っとくけど、俺は今まで部下に手を出したことはないからな。もちろん会社内の女性と付き合ったこともないし。社内恋愛はしない主義だって言っただろ」

「それって」

「おまえが特別だってこと」

晃良は照れる様子もなく、当然のようにそう言った。

「……っ」

なんのてらいもなくドラマのような台詞をさらりと口にされ、ギュウッと心臓が締めつけられて胸が苦しくなる。

言い慣れているのか、それとも恋人相手だからこそ見せる特別な顔なのかはわからないけれど、恋愛経験皆無の咲良にはかなり心臓に悪い。

「なんでそこで黙り込むんだよ。嬉《うれ》しいわ～とか、私も！　とか言うところだろ」

表面的にはなんの反応もないことに、晃良が不満げに顔を顰《しか》めた。

「だって……室長がそんな甘いことを言うから……」

本当は心臓がめちゃくちゃに飛び跳ねていて、息がうまくできない。

「甘いって、普通だろ。ちなみに俺は好きな女は甘やかしたいタイプだから安心していいぞ」

なにを安心すればいいのかわからないが、今だってなんだかんだと甘い言葉をさらりと口にされドキドキしているのに、さらに甘やかされたらどんなことになるのか少し心配になる。

「室長って……私が勝手に想像していたイメージとだいぶ違う人でした」

「どんなこと想像してたんだ」

晃良は気を悪くする様子もなく噴き出した。

「おい、それより外で室長室長って連呼するなよ」

「だって……上司をいきなり名前で呼ぶのってて抵抗があるっていうか」

「そこは慣れろ！　おまえ結婚しても俺のこと室長って呼ぶつもりか？」

「けっ……こん⁉」

驚きすぎて声が大きくなってしまい、自分の声にギョッとして手のひらで唇を覆う。付き合い始めて数日のふたりには似つかわしくない言葉に、咲良は顔を顰めた。

「そ、そういう冗談はやめてくださいってば」

「冗談じゃないって。できれば早く一緒に住みたいし。もともと会社の移転で引っ越しをしたいって話してただろ。おまえの家の近くに引っ越すっていう案もあるんだろうけど、それなら一緒に住んだ方が合理的だろ」

晃良はさもそれが正解であるかのようにすらすらと口にするが、一般的に考えて展開が早すぎる。すると晃良はその咲良の戸惑いをさらに飛び越える言葉を口にした。

「言っておくけど、ただの同棲《どうせい》の誘いじゃないからな」

「え?」

「結婚準備のための同居、だろ」

「……」

想像もつかなかった発想に、至って真面目な表情の晃良には申し訳ないがぽかんとしてしまう。すると晃良は手を伸ばして指で咲良の頰をつついた。

「まあこればっかりは俺の気持ちだけじゃダメだろうから、返事はよく考えてからでいいよ。俺がそういう気持ちだって知っておいて欲しいだけだから」

晃良はそう言って笑ったが、咲良はその話の内容がまだよく理解できていなかった。正確には言っている意味はわかったけれど、晃良がそこまで考えて自分に交際を申し込んでくれたことに驚いていた。

自分はそこまで真剣に考えて彼に身を任せただろうか?　勢いとか雰囲気とかに流されなかったかと問われると否定できない。

晃良の同棲の話を聞いてから、咲良は彼と話をすることにプレッシャーを感じていた。

彼のことは好きだし将来のことをちゃんと考えてくれているのも嬉しい。しかし晃良の地位や会社での関係性を思えば、なんの障害もなく計画が実行できるとは思えなかった。

よく付き合い始めはなにをしても一緒にいられれば楽しいと言うけれど、複雑な気分だ。

晃良と結婚したくないわけではない。それなのにこんなに戸惑ってしまうのは、咲良自身の覚悟の問題かもしれなかった。

返事はよく考えてからでかまわないと言ってくれたけれど、なんだか常に宿題を抱えているようで、ふたりで会っていてもそのことがいつも咲良の頭の片隅で存在を主張している。そして晃良が返事を待っているのではないかと気になって仕方がなくなるのだ。

そんなときでも仕事は待ってくれず、咲良は新社屋でも相変わらず忙しく過ごしていた。前任の高垣は新社屋への移転直前に退社をし、現在は咲良が正式に専務の専属秘書となったが、来客の多さにてんてこ舞いしていた。

新社屋のお披露目はしたものの、都内に移ってきたことで改めて挨拶がしたいという取引先からの面会予約がたくさん入っており、咲良はその対応に追われていた。

「おつかいに行ってきます！　なにかあったら携帯に連絡ください！」

来客にお茶を出し終えた咲良は、秘書室に残っている同僚に声をかけバッグを手に急ぎ足でオフィスを出た。俊哉のところに来ている来客のために手土産を買いに行くつもりだった。

本来は来客に手土産など用意しないし、もし必要な相手のときは予め来客時間までに準備をしておくことになっている。

今日の来客はピーチドラッグの桃園社長で、先日パーティーで晃良との関係を疑ってしまった文乃の父だ。

お茶を出した咲良が俊哉の新しい専属秘書だと知ると、気さくに話しかけてくれた。

「飯坂インターナショナルが都内に移ってきて嬉しいよ。社長もこれからさらに不動産業の方にも力を入れると言っていたし、忙しくなるだろうねぇ。秘書の皆さんも大変だ」

「恐れ入ります」

「そうだ、これ。秘書室のみんなで食べなさい」

銀座や日本橋のデパートに入っている有名なマカロンの店のピスタチオグリーンの紙袋を手渡され、咲良は頭を下げた。

「お気遣いありがとうございます」

「こっちに移ってきたら横浜にないお店もあるから、女性は楽しいでしょう？」

「はい。素敵なお店が多くて目移りしてしまいます。会社帰りもつい寄り道をしてしまって」

「僕のお勧めはね、麻布の丸冨久さん。焼き栗《ぐり》を使った和菓子が絶品でね、妻も娘も大好きなんだ」

桃園が言っている店は麻布十番の老舗和菓子店のことだろう。手土産やお取り寄せを紹介する特集記事で何度か目にしたことのある有名な店だ。

咲良はもう一度お礼を言って応接室をあとにしたが、会合で帰社が遅れている俊哉を待つという話を聞き、今から麻布の店まで桃園社長への手土産を調達しに行こうと考えた。幸い店に電話をすると、取り置きをしておいてくれるという。

新社屋から麻布十番なら地下鉄を使うよりも地上を歩いて行った方が早いと考えた咲良が、外出用のトートバッグを手に一階に降りたところで聞き覚えのある声に名前を呼ばれた。

「咲良ちゃん！」

そう言ってエントランスを横切ってきたのは広報の藤原だった。

「久しぶり。式典が終わってから全然会えないから寂しかったよ」

「お疲れさまです。打ち合わせの帰りですか？」

「うん。ちょうどよかったよ。そろそろ連絡しようと思ってたんだ」

藤原の言葉に打ち上げが延び延びになっていたことを思いだした。この場合一番年下の咲良が幹事を引き受けて声をかけなければいけなかったのかもしれない。

「あ、打ち上げの件ですよね。私から連絡しなければいけなかったのにすみません。どなたにお声かけますか？　おっしゃっていただければ私の方で連絡して、お店の予約しますね」

咲良がメモをとるためにバッグの中から携帯を取り出すと、藤原は苦笑いを浮かべて首を横に振った。

「違うんだ。咲良ちゃんを食事に誘おうと思って」

「え？」

「打ち上げは打ち上げでやってもかまわないんだけど、それとは別に僕とふたりで食事なんてどうかな？」

つまりデートのお誘いということだ。晃良以外の男性に誘われるのは久しぶりで少し緊張してしまう。

「あの……お誘いは嬉しいんですけど、ふたりでっていうのは……」

あまり面識のない男性社員に誘われたらすんなり断りの言葉を口にできるけれど、藤原とはそれなりに親しくなった分断りにくい。

咲良が曖昧に言葉を濁すと、藤原がクスリと笑いを漏らした。

「もしかして、もう晃良とまとまっちゃった？」

「ええっ⁉　ど、どうして」

思わず声をあげると、藤原ががっかりした顔で溜息をついた。

「やっぱり晃良に先を越されたか」

その言葉に鎌をかけられたのだと気づいたが、こんな反応をしてしまっては誤魔化しようがない。しかし対外的にはまだふたりの関係を公にはしていないので、晃良に迷惑をかけてしまう。

「あ、あの」

「大丈夫。まだ内緒なんでしょ。上司と部下じゃ色々あるんだろうし、誰にも言わないから安心して」

藤原の言葉に咲良はホッと胸を撫《な》で下ろす。その反応を見て藤原は少し悔しそうに言った。

「こうなるんじゃないかなって、なんとなく思ってたんだ」

「……そうなんですか？」

「いや、アイツ珍しく君に執着してたからさ。晃良ってなにげにお坊ちゃまだし、学生時代から女子にはモテたんだよ。まあ俺の方がもっとモテたんだけどね」

得意げに最後の言葉を付け足した藤原の顔を見て、咲良は思わず笑い声を上げた。

「でもそういう女は片っ端から断ってたし、あいつも今ほど愛想も良くなかったし」

なんだか意外な気がして咲良がわずかに目を見開くと、藤原が小さく笑う。

「別に陰キャだったってわけじゃないよ。高校時代は結構やんちゃだったし、男友達とわちゃわちゃやってる方が楽しかったんじゃないかな」

「へえ」

咲良の知らない晃良の姿に思わず目を細めてしまう。大学時代のやんちゃをしていた晃良と出会っていたら、きっと今のように付き合うことなどなかっただろう。そもそも今だって眩《まぶ》しい存在なのだから。

「ね。やっぱりふたりで食事に行かない？　晃良の学生時代の話とか色々教えてあげるけど」

咲良が興味を持っていることに気づいた藤原がすかさず言った。

「魅力的なお誘いですね」

「だろ」

「でもふたりきりは遠慮させていただきます」

「なにもしないって。それにもしかして、ふたりきりで話してみたら僕の魅力に気づくかもしれないだろ」

あまり頑なな言い方をしては藤原に恥をかかせてしまう。咲良はにっこりと微笑んでから小さく肩を竦《すく》めた。

「私、意志が強い方じゃないんです。そうなったら怖いのでやめておきます。ごめんなさい」

「そうくるか。僕はそうなってくれたほうが嬉しいのに。晃良も出し抜けるしさ。あいつの悔しがる顔、見たいなぁ」

ふたりの関係を知らなかったときの咲良なら、藤原のことを性格の悪い男だと思っただろう。でも今はふたりが学生時代からの友人で、藤原が本気で言ったのではないとわかっている。

「室長の悔しがる顔は私も見てみたいですけど、別のことにしてくださいね！」

藤原は仕方なさそうに肩を竦めた。

「藤原さん、私もう行かないとなんです。お客様の手土産をとりに行くところで」

「ああ。呼び止めてごめんね。雨が降りそうだけど大丈夫？」

「ええ。麻布十番ですから、降ってきたら走ります。合同の打ち上げは私がセッティングしますから、ちゃんと参加してくださいね！」

咲良は自動ドアへと足を向けながら藤原に視線を流すと、彼は早く行けとばかりにひらひらと手を振った。咲良はそれを了承と捉えて微笑むと、小さく会釈をしてその場を離れた。

しかし走れば大丈夫だと高をくくっていた咲良の考えはすぐに後悔に変わる。目当ての商品を受け取って店を出たとたん、大粒の雨が降り出したのだ。

俗に言うゲリラ豪雨というやつで、いつもの咲良ならすぐにどこか屋根のある場所に駆け込むような雨だ。しかし桃園のことを思えば、いつ止むかもわからないのに時間を無駄にすることはできない。幸い店主の気遣いで雨よけのビニール袋をかけてもらっているから、手土産が濡《ぬ》れることはないだろう。

「よしっ」

咲良は紙袋を抱えると、なるべく濡れないように前屈みになって走りだした。

だがゲリラ豪雨というだけあって、大粒の雨はあっという間にアスファルトを黒く染めて、咲良の夏用の薄いジャケットはすぐにびしょ濡れになって肌に貼りついてしまった。

しかも会社まであと交差点がひとつというところまで来たとき、タイミング悪く信号が赤になってしまう。

「あ……」

信号を見上げた頬に打ちつけてくる雨粒の強さに、屋根のある場所に避難しようと踵《きびす》を返したときだった。

「咲良！」

豪雨とカミナリの音に交じって自分を呼ぶ声にドキリとして振り返る。するとそこには傘を手に車から降りてきた晃良の姿があった。

「……し、室長？」

「バカ！　ぼんやりしてないで車に乗れ！」

もはや走るのを諦めた咲良は傘をさしかけてきた晃良に苦笑いを浮かべた。

「どうして……？」

「とにかく乗れ」

グイッと腕を引かれて傘の中へと引き入れられたが、こんな濡れ鼠《ねずみ》では車のシートをダメにしてしまう。

「傘だけお借りします。シートを濡らしちゃいますから」

「いいから乗れって！」

半ば強引に助手席に押し込まれて困惑していると、すぐに晃良も運転席に飛び込んできた。

「ゲリラ豪雨なんだからどっかに避難するのが常識だろ。ていうか、コンビニで傘を買うとかあるだろうが」

半ば怒鳴るような声で言うと、晃良は後部座席のバッグの中からとりだしたタオルを咲良の上に被せた。

「ったく！　俺が通りかからなかったらどうするつもりだったんだ！」

晃良がこんなふうに怒ることなんてめったにない。かなり心配してくれているらしい。

「すみません……走れば行けるかなって思ったら一瞬で土砂降りになっちゃったんです。あ、よかった。濡れてない」

咲良が胸の辺りで抱えていた袋を見て、晃良が覗《のぞ》き込む。

「……桃園社長の手土産か」

そう言いながらエアコンの吹き出しに手を当てて、温度を上げる。濡れた身体にクーラーは身体を冷やすと思ったのだろう。

「そうなんです。お茶をお出ししたときにお話ししたら、近くに奥様がお好きなお菓子屋さんがあるって伺ったので、手土産にどうかなって。専務は外出でお約束の時間に遅れていらしたので、余裕で買いに行けると思って」

「そんなの後輩に行かせたらよかっただろ」

不機嫌な顔で後部座席に置いてあったスーツのジャケットを着せかけられ、咲良は思わず噴き出した。

「室長、過保護すぎます。丸山さんは遅めのお昼だったし、宇治原さんはデスクワーク抱えてたんです。それに別の手土産の買い置きがあるのに買いに行こうと思ったのは私の独断ですから」

「はあ……おまえってそういうヤツだよな」

晃良は呆《あき》れたように呟《つぶや》くとアクセルを踏んだ。

「え？」

「仕事が一番で自分は後回し」

チラリと向けられた眼差しには、わずかに諦めのようなものが混じっている。

「そ、そんなことないですよ」

とっさにそう言い返したものの、常に仕事を優先する自分もいるので後ろめたい。思わず視線を泳がせると、晃良が溜息をついた。

「まあいいや。それ貸せ。オフィスに届けてくるから」

「え？」

「戻ってきたら家まで送ってやるから帰れよ。どうせそれじゃ仕事にならないだろ」

晃良はそう言うと会社の前に車を停め、咲良の手から強引に紙袋を取り上げる。

「オフィスに着替えが」

「いいから！　すぐ戻るから車で待ってろ」

そう言いかけた咲良の言葉は晃良の言葉に遮られ、言い返す間もなく晃良がサッと運転席から飛び出していってしまった。

気づくとフロントガラスに当たる雨粒の勢いは弱くなっていて、もう少しすれば雨は止みそうな雰囲気だ。

晃良を追いかけていきたいところだったが、車をビルの前に置いたまま離れることもできず、咲良は次第に明るくなっていく空を見上げてホッと息をついた。

晃良の口調は一見押しつけるようにも聞こえるけれど、気遣っていると思われたくなくてわざとあんな強引な言い方をしているのだとわかるようになった。

いつもは余裕たっぷりの態度で咲良を翻弄してくるけれど、実は照れ屋で自分らしくない発言や態度をして赤くなるような可愛いところもある。

男性の中では一番苦手なタイプだったはずの晃良を可愛いと思う日が来るなんて自分でも驚きだが、そういうところも彼が好きな理由のひとつだった。

そんなことを考えているうちに、晃良が咲良の通勤用のバッグを手に戻ってきた。

「今日はこのまま早退にしてきた。宇治原に荷物も出してもらったから」

「え？　でも」

まだ仕事も残っているのにと言う前に、晃良は車のエンジンをかけてしまう。

「おまえのマンション三茶だろ。送ってく。近くまで行ったらナビできる？」

「あ、はい」

思わず頷《うなず》いてしまったが、やはり残してきた仕事が心配になる。咲良の不安げな表情に気づいた晃良が小さく笑う。

「大丈夫だって。なんのためにチームで仕事してると思ってるんだ。うちの秘書室は誰かが抜けたら回らないなんてことがないように普段からちゃんとしてる。わかってるだろ？

どうしてもってときは電話が来るだろうから、そんな顔すんな」

そのための組織作りをしてきたのは晃良だ。そして咲良は晃良のその功績を心から信頼している人間のひとりだった。

「そうですよね」

素直に頷く咲良を見て、晃良はちょっと笑ってからハンドルを握った。

平日の昼間とはいえ都内の道路は車が多く、渋滞とまでは言わないがのろのろと街の中を進む。いつの間にか雨は止み、街路樹が雨の滴と日差しでキラキラと輝いている。

「お。雨止んだな」

晃良の言葉に頷きながら、ふと出かけに藤原に呼び止められたことを思い出した。

「そういえば……藤原さんに私たちが付き合ってるの、バレちゃったかもです」

すると晃良はわずかに首を傾げて言った。

「別にいいじゃん」

「で、でも、上司と部下が付き合うのって社内的にどうなんですか？」

「そんなこと言ってたら、恋愛なんてできなくなるぞ。そもそもうちの会社、社内恋愛にうるさくないし。仕事に支障がでなけりゃいいんだよ」

「だったら仕事中に私を送っていくのはまずいんじゃないですか？」

もし同僚に知られたときに、公私混同していたと指摘されるかもしれない。

「相変わらず真面目だな、咲良は。そういうのは臨機応変。それより、なんで急に藤原にバレたと思ったわけ？」

　咲良が藤原と交わした会話の内容をそのまま伝えると、晃良が前を向いたまま顔を顰めた。

「あいつ、油断も隙もねーな。咲良には手を出すなってちゃんと釘《くぎ》刺したのに全然聞いてねーし」

「食事に誘われただけで手を出されたわけじゃ……」

「咲良ってあいつの好みにドストライクなんだよ。清楚《せいそ》系の美人で、男に馴《な》れ馴《な》れしい態度をするわけじゃないけど初々しいところもあったりして、男が守ってやりたくなるっていうか。つまり俺と被る」

「……え？」

　最後の一言に咲良が晃良の横顔を見つめると、車がちょうど赤信号にさしかかり晃良も顔をこちらに向ける。

「この年になってこんなに女に夢中になるとは思わなかった」

　晃良は手を伸ばすと、咲良の頭を子どもにでもするようにクシャクシャッと撫でた。

「すげー好き」

「……っ」

　とっさに返事もできず赤くなるだけの咲良に満足げな笑みを浮かべると、晃良は再び前に視線を戻す。ゆっくりと動き出した車の列に合わせてしばらくハンドルを操っていたが、ふと思いついた顔で咲良に視線を向けた。

「やっぱり寄り道して帰ろう。デートしようぜ」

「え？　でも……」

咲良は濡れたシャツとスカートを見下ろした。半分ほど乾いてはいるが、髪も崩れているしあまり出歩きたい姿ではない。

「近くに知り合いのセレクトショップがあるからそこに寄ろう。服買ってやる」

「ええっ⁉」

車は間もなく渋谷というところまで来ていて咲良のマンションまではあと少しだったが、晃良は返事も待たずに行き先を変えるために車線を移動してしまった。

晃良の知り合いの店は表参道の大通りから一本入ったところにあり、デザイナーズマンションの一階に入ったセレクトショップだった。

ショーウィンドウには男女のマネキンがお勧めの服を着せられこちらを見下ろしていて、ひとりだったら絶対に足を踏み入れないようなお洒落《しゃれ》な店だ。店のコンセプトにもよるがセレクトショップは価格が高いし、普段の咲良には敷居が高すぎた。

晃良はいつもこういう店で買い物をするのだろうか。彼にプレゼントを贈るならこういう店で選んだ方がいいのなら、この機会に彼の好みをリサーチしておきたいところだ。

「晃良！」

店に入ったとたん声をかけてきたのは晃良と同年代の男性で、なんとなく女性の友人が出てくると思っていた咲良は、相手が男性だったことにホッとしてしまった。

あとで聞いたところによると、晃良や藤原が通っていた学校は幼稚園から大学まである有名私立で、ふたりは中学からその学校に通っていたそうだ。ショップのオーナーもやはり高校の同級生で、大学はファッション系に進んだということだった。

「俺の彼女。さっきの雨で濡れちゃったから着替えたいんだけど、いい？」

「もちろん。化粧室もあるから使ってくれよ」

「サンキュ。じゃあまずは咲良の服からだな」

密かに晃良の好みをリサーチするつもりだったけれど、実際に晃良が見るのは女性ものばかりで、咲良はすぐに彼が選んだ服と共に試着室に押し込まれてしまった。

晃良が選んだのは少しレトロ風なワンピースで、キュッと絞られたウエストにふんわりとした膝下丈のスカートが広がっている。ちょうど昔の映画のオードリー・ヘップバーンが着ていたようなウエストが強調されたもので、ロマンス映画ファンとしてはときめいてしまう。

でも普段きっちりとしたスーツばかり身に着けているので、少女っぽい可愛らしいテイストの服が自分に似合っているのか、鏡を見ただけではよくわからない。

「咲良、どう？」

鏡の前でグズグズしていることに気づかれたのか、扉の向こうから名前を呼ばれ、咲良は仕方なく扉を開けた。

――おかしくないですか？　そう尋ねるつもりだったのに、晃良の嬉しそうな笑顔を見たらなにも言えなくなった。

「すげー似合ってる」

「そ、そうですか？」

あまりにもいい笑顔をしているから、こちらの方が恥ずかしくなってしまう。

「ああ。超俺の好み。最高。可愛い」

「ちょ、ちょっと……」

すぐそばで店員も待機しているというのに、晃良は気にもせず褒め言葉を連発する。しかもその様子を微笑ましげに見守られているのも居たたまれない。

そして晃良はさらに真っ赤になった咲良の耳元に唇を近づけると、とんでもないことを囁《ささや》いた。

「男が女に洋服をプレゼントする意味ってわかる？」

「え？」

「その服を自分で脱がせてみたいから」

「……な！」

ギョッとして店員に視線を向ける咲良に、晃良はさらに色っぽい声で言った。

「今度は下着もプレゼントしてやる」

「……っ」

今の理由で言ったら、下着も脱がせたいからプレゼントするという意味に聞こえる。しかも咲良が頷きでもしたら、すぐにでもランジェリーショップに連れて行かれそうな気がする。

そうでなくても初めての夜に色気のない下着姿を見せてしまったことが恥ずかしくて今も後悔しているのに、そんなことになったら晃良の思うつぼだ。

女性店員に手伝ってもらい濡れた髪を整え、ついでに化粧も直して出てくると、晃良は嬉しそうに目を細めた。

「うん。いい女」

相変わらず人目も気にせずそう口にされ、咲良はまた頬が熱くなるのを感じた。支度を手伝ってくれた店員からも背後から声にならない歓声が上がっている気配がしたけれど、恥ずかしくて振り返れない。実はさっきも散々「ちゃんと褒めてくれる素敵な彼氏」とうらやましがられたばかりなのだ。

偏見かもしれないが、日本人の男性は人前であまり女性を褒めない。晃良の言葉は咲良が好きな外国のロマンス映画に出てくるような台詞ばかりで、現実なのかそれとも咲良の願望なのかと錯覚してしまいそうになる。

彼女たちもそう思うから晃良の言葉をうらやましがり、今も目を輝かせてこちらのやりとりを見守っているのだ。

最初は別の日に晃良へのプレゼントを選びに来たいと思っていたけれど、恥ずかしくて二度と来店できそうになかった。

咲良の着替えを車に置くと、車には乗り込まずに咲良の手を取った。

「可愛いから見せびらかしたい。ちょっとぶらぶらしようぜ」

照れる素振りも見せずそう言うと、雨上がりの少し蒸した街並みへと足を踏み出した。

表参道は平日でも賑わっていて、歩道では人とすれ違うたびに晃良が手を引き寄せる。なんだか晃良に操縦されているみたいだ。その仕草は守られている感じがして嫌いではない。というか安心感すら覚えてしまう。

考えてみると、男の人とこうして手を繋いで歩くのは大学の時以来かもしれない。当時付き合っていた男性とこうして歩いたはずだが、交際期間としては短くてよく覚えていなかった。

その時よりも今の方がドキドキしているのはなぜだろう。気持ちはふわふわとして落ち着かなくて、スキップでもしたくなってしまいそうなほど足取りは軽い。

ふとハイブランドの大きなショーウィンドウに映り込んだ、見慣れないふたりの姿にドキリとする。

街中によくいる普通のカップルで、咲良もよく目にする光景なのに、それが自分と晃良だと思うとなんだか気恥ずかしい。

周りからは普通のカップルに見えているのだろうか。そう思いながら通りに視線を向けていると、ふと目に入った看板を見て咲良は小さく声をあげた。

以前から気になっていた店で、都内にいくつか店舗があり新社屋の近くでも見つけたばかりのレストランだ。

「あ、ここ」

咲良の声に晃良が立ち止まる。

「なに？　シュラスコ？　ちょっと前に話題になってたよな」

「一度食べたいなって思ってるんですけど、なかなかタイミングが合わなくて。ここのお店会社の近くにもあるんですよ。今度……行ってみませんか？」

するとと晃良はわずかに眉を上げて笑う。

「今日でもいいけど」

「夕飯には少し早いですよ」

まだ外は明るくて、いつもならオフィスで仕事をしている時間だ。

「それに……また今度って、次の約束ができるのもいいかなって」

今日、桃園社長にも言われたが、以前の本社ビルの周りにはなかった飲食店も多いし、晃良とふたりで下見と称して食事をしていたときのようにあちこち出かけてみたかった。

そう思いながら晃良を見上げたが、なかなか返事が返ってこない。

「室長？」

思わず呼びかけると、晃良は「クソッ」と小さな声で悪態をついた。

「おまえ！　あんまり可愛いこと言うな！　今すぐここでキスするぞ！」

そう叫んだ顔はなぜかうっすらと赤くなっている気がする。

「は……⁉　な、なんでそうなるんですか！」

「おまえは男を煽《あお》るところがあるんだよ。自覚しろ！」

口調は怒っているが、なぜ突然そんなことを言い出したのかわからない。特に怒らせるようなことは口にしていないはずだ。

「室長……なんか、変ですよ？」

「いいや！　無自覚な咲良が悪い！　それにふたりのときは室長って呼ぶなって言っただろ」

「だって、まだ仕事の延長みたいなものじゃないですか」

言われてみればナチュラルに室長と呼んでしまったが、元々その呼び方の方が長いし、ついさっきまで仕事モードだったのだから呼び間違えぐらい多めに見て欲しい。それにさり気なく論点がすり替えられてしまっている。

「それより、私はどうして室長……晃良さんに怒られなくちゃならないかわからないんですけど！」

咲良が少し強めに言い返すと、晃良は怯《ひる》んだように言葉を詰まらせた。

「……」

どうやらだんまりで誤魔化すつもりらしい。咲良が上目遣いで睨みつけると、とうとうプイッと視線をそらしてしまった。

「じゃ、じゃあ……金曜の仕事終わりに行くか。うん。俺が予約しとく」

必死に誤魔化そうとしているのが伝わってきて可笑しい。あまり意地悪をするのもかわいそうになり、咲良は繋いでいた手をキュッと握り返した。

「楽しみにしてますね」

「おう」

晃良の表情が緩むのを見て、ホッとする。すると晃良は咲良の耳に唇を近づけると、咲良にだけ聞こえるような声で囁いた。

「で、そのあとはおまえの部屋に泊まりたいんだけど……いい？」

その一言にホテルで過ごした夜のことが一気に頭の中で蘇《よみがえ》り、咲良の体温を上げた。

「……はい」

小さな声で頷くと、晃良に手を引かれてまた人混みの中へと歩き出した。


晃良と約束をした金曜日。咲良は急ぎの書類作成をなんとか終えて大急ぎで片付けをしていた。

その日できることは後回しにしたくないという生真面目な性格と、晃良に指摘されたなんでも自分で抱え込んでしまう悪いクセが裏目に出てしまい、退社時間をずいぶん過ぎても仕事が終わらなかったのだ。

約束の店は会社から徒歩で十分ほどの距離だったが、退社時間をずらすために一時間後に店の前で待ち合わせをしていて、晃良はすでに一足先にオフィスを出ている。

帰り際皆に声をかけながら、チラリと咲良に視線を送ってきたのを思い出し、咲良は急いでパソコンの電源を落とす。それからロッカールームに駆け込んで、先日晃良にプレゼントしてもらったワンピースに着替えた。

今までの咲良なら会社帰りにわざわざ着替えてからデートに行く同僚を見て、そんな面倒くさいことをと思っていたが、今ならその気持ちがわかる。好きな人に少しでも綺麗《きれい》だと思って欲しいのだ。

着替えを終えデスクの上の携帯を何気なく見ると晃良からメッセージが届いていて、その内容にクスリと笑いを漏らす。

――残業禁止。ダッシュで終わらせろよ。遅れたらお仕置きだから。

咲良は〝了解です。これから出ます〟とメッセージを返してから、自身の荷物をキャビネットにしまい鍵をかけた。

電源関係を確認して、片付け忘れはないだろうかともう一度机の上を見たときだった。人の気配を感じた気がして振り返ると、扉から相川がひょっこり顔を覗かせた。

「良かった。山口さん、まだ残ってたんだ」

いつもの人好きのする笑顔を浮かべて相川が近づいてきた。

「どうしたんですか？」

相川か藤原となにか約束をしていただろうか？　思い返してみたけれど、晃良はなにも言っていなかった気がする。となると、藤原と同じで打ち上げの催促かもしれない。

晃良に店をいくつか提案してあるので、許可が出たら来週にでも一斉連絡を入れようと思っていたのだ。

「もしかして打ち上げの件ですか？」

咲良の言葉に相川は笑って首を横に振った。

「違う違う。急ぎじゃないんだけど、飯坂室長に聞きたいことがあったから、もしまだ残ってたら飲みにでも行けないかと思って覗きに来たんだ」

「ああ」

咲良は急ぎではないことにホッとして唇を緩めた。

「すみません。室長は定時で退勤されています。連絡は取れますが」

「ううん。大丈夫。来週でも良かったんだ。外に出てたんだけど、思い立って衝動的に来ただけだから」

「じゃあ、私の方から室長に相川さんがいらしたことを伝えておきますね」

「ありがとう」

微笑む咲良に相川も頷き返す。てっきりそれで終わりだと思っていたのに、帰る気配のない相川に咲良は首を傾げた。

なぜかジッとこちらを見つめていて、なにかを待っているみたいにみえる。

「えーと……ほかになにかお手伝いすることがありますか？」

咲良は仕方なくそう尋ねた。晃良との約束の時間が迫っているから、そろそろオフィスを出たい。

するとと待っていたかのように相川が口を開いた。

「ね。咲良ちゃんってこのあとの予定は？」

「え？」

今まで相川にはずっと山口さんと呼ばれていたから、突然下の名前で呼ばれた違和感にドキリとする。藤原には下の名前で呼ばれていたからそれを真似ただけだと思えばいいのだが、ついさっきまでは苗字で呼ばれていたはずだ。

「今日はいつもと服装の感じが違うからデートなのかなって」

「そ、そんなんじゃないですよ」

デートという言葉にドキリとして、とっさに否定の言葉を口にしてしまう。一瞬、まだ晃良との関係をあまり公にしたくないという考えが思い浮かんだからだ。

藤原には見抜かれてしまったが、彼は同じ職場の上司と部下という関係だと色々あるだろうと心配してくれていたし、わざわざオープンにするようなことでもない。

ふと藤原からなにか聞いたのだろうかと思ったが、彼はナイショにすると言ってくれたし、約束したことを軽々しく他人に話すタイプには見えない。晃良と同じく軽いところがあるが、ふたりの付き合いの長さや信頼し合っている様子を見れば彼が言ったとは思えなかった。

「もしデートじゃないんだったら、食事に行かない？　咲良ちゃんに色々聞きたいことがあって、相談にのって欲しいんだけど」

「……相談ですか？」

「うん。実は飯坂室長に秘書室に誘われてて、実際に働いている人の話が聞きたいなって思ってるんだ」

「ああ！」

以前に晃良が秘書室に男性を入れたいと言っていて、その時に相川の名前も挙がっていたことを思い出した。

「せっかくなんですけど、このあと約束があって」

「えーデートじゃないんでしょ。もしかして友だちと一緒？　それなら俺も混ぜてよ。咲良ちゃんの友だちなら美人だろうし」

「……」

あまりの図々しい発言に絶句してしまう。ふと大学時代にサークルの飲み会でこういう先輩がいて、なるべく近づかないようにしていたことを思い出す。

普通に考えたら知らない相手との約束に割り込もうと思わないが、彼らは自分が最優先にされると信じていて、断られるなんて思いもしないのだ。

咲良は今さらながら、相川が一番質の悪いタイプの男性だと気づいた。

考えてみればパーティーの準備のときだって同僚たちにほぼ合コンと言える誘いをかけ

ていたし、あのノリは苦手だと思ったのだ。

「ね。いいでしょ。俺ずっと咲良ちゃんと仲良くしたいと思ってたんだよね」

隙を突いて背後から肩を抱かれて、咲良はビクリと肩を揺らし相川を突き飛ばすようにして距離をとった。

「ちょ、ちょっと！」

いきなり身体に触れてくるなんてマナー違反どころではない。ふと今は彼とふたりきりであることに気づき、咲良はさらに相川から距離をとった。

「そんなにビクビクしなくていいじゃん。そんなに美人なんだから学生の頃からモテてて、それなりに経験あるんでしょ？　藤原さんの誘いにもまんざらでもなさそうだったし」

「な！」

彼は軽いけれど女性に気遣いができるし、間違っても侮辱するような発言はしない。しかし相川の場合は、女性を明らかに軽視してバカにしている。

相川は秘書室の女の子と知り合いだとか、誰と付き合ったとか武勇伝のように同僚に自慢するタイプの男かもしれない。

「相川さんはなにか誤解なさっているのかもしれませんが、私はそういうつもりはありませんので」

こういうときはまずはきっぱり拒絶の意思を表すことが大切だ。曖昧にしていると、それを逆に焦らされていると思う男性もいると先輩から教えられた。

いつもやんわりとした物腰の咲良のきっぱりとした拒絶に相川は少し驚いたようだが、それぐらいで引くつもりはないらしく唇に余裕の笑みを浮かべる。

「冷たいなぁ。でも俺、そういう気の強い女の子も嫌いじゃないんだよね～」

ニヤニヤしながら近づいてきて、素早く咲良の手を握る。

「や！」

慌てて振り払おうとしたけれど、すぐに手首を握り直されギュッと強く摑《つか》まれてしまう。

「い、痛いです！　放してください！」

「そんな怖い顔しないでよ。咲良ちゃんと仲良くなりたいだけなんだから」

「きゃっ！」

グイッと手首を引き寄せられて悲鳴をあげたときだった。

「おい、なにやってるんだ！」

割って入った聞き慣れた声に、咲良はホッとしてその場に座り込みそうになる。晃良が足早にフロアに入ってきて、相川がパッと咲良の手を離し両手を上げた。

「別になにもしてませんよ。咲良ちゃんとちょっと話を……してただけで……」

最初は悪びれない口調だった相川も、晃良の鋭い視線に言葉が尻すぼみになっていく。

「ただ話をしていただけならどうしてこいつがこんなに怯えているんだ」

晃良がかばうように咲良を自分の背後に引き寄せると、相川を睨みつけた。

咲良は彼が来てくれたことにホッとしつつ、どうして晃良がここにいるのだろうとその背中を見つめた。待ち合わせは店のはずで、少し前にメッセージが来たばかりだ。

「……室長、どうして？」

こんな状況なのに思わず尋ねると、晃良が振り返って笑いを浮かべる。

「確認したいことがあって、別のフロアに寄ってたんだ。それでさっきこれから出るってメッセージが来たから迎えに来たんだけど……正解だったな」

晃良は溜息をつきながら相川に視線を戻した。

「どうしてこんな時間に秘書室に来たんだ？」

「えーと……この前の話をもう少し詳しく聞けたらと思って……そしたら咲良ちゃんがひとりで残ってたんで、食事に誘っただけです。友だちと一緒だって言うから、俺も一緒にどうかって誘われてただけで、別に悪いことはしてませんよ」

しどろもどろだが自分を正当化しようとする言葉に、咲良も思わず言い返す。

「だからそれはお断りしました！　それなのに相川さんが強引に近づいてきたんじゃないですか！」

背後から身を乗り出した咲良の前に晃良の腕が突き出される。

「山口、いいから」

晃良は自分を落ち着かせるように深い溜息をひとつついてから口を開いた。

「相川。うちは女性が中心のデリケートな職場だって話はしたよな？　こんなことをされたら、おまえを秘書室に引っぱることはできない。今回の話はなかったことにしてくれ」

その言葉に相川がサッと顔色を変える。そして噛《か》みつかんばかりの勢いで晃良に食ってかかった。

「大袈裟《おおげさ》ですよ！　ちょっと同僚と話をしてただけで……彼女の方が自意識過剰なんじゃないですか？　自分が美人なことを鼻にかけて、男性社員をバカにしてるんですよ。君さぁ、俺の方が先輩なのに失礼なんじゃないの？」

「……」

ここまで言われても自分を正当化しすべてを咲良になすりつけようとする態度に、やりきれないというか、煩わしいと思えてくる。

すると晃良が相川に冷ややかな眼差しを向け、怒気をはらんだ声で言った。

「いい加減にしろ。あの状況を見ておまえの味方をするヤツなんていないぞ。俺がどこに寄ってきたか教えてやろうか？　人事部だ」

その言葉に相川がギクリとしたように見えた。

「おまえを秘書室に引っぱるに当たって、人物査定の問い合わせをしていたんだ。俺だって自分が品行方正だなんて言わないが、おまえずいぶん女子社員相手に好き勝手やっているみたいじゃないか。形式として問い合わせただけなのに、人事部で問題になってるぞ。このままだとハラスメント担当から事情を聞かれるんじゃないか」

「……ッ‼」

「どうせ秘書室に来たら今までの調子でうちのメンバーに手を出そうとしてたんだろ？

まあうちの人間はそんなにチョロくないが、そんな考えのヤツを秘書室に迎えるわけにはいかない。それにしても俺も見る目がねーな」

最後の言葉は自嘲気味で、自分自身に向けているように聞こえた。

「たしかに女子社員に声はかけてますけど、今日は彼女の方から誘ってきたんですよ。それなのに一方的に俺が悪いって言われるなんて納得がいきません」

晃良はうんざりしたように、盛大な溜息をついて、咲良の肩を抱き自分のそばに引き寄せた。

「はっきり言わないとわかんねーみたいだから教えてやる。こいつは俺の女だ。おまえは俺が偶然立ち寄ったと思ってるみたいだが、このあと俺と約束があったから迎えに来た。だからこいつがおまえみたいなクズを誘うなんてことはねーんだよ」

「な……！　それじゃ自分だって女子社員に手を出してるじゃないですか！」

「バーカ。片っ端から手を出してるおまえと一緒にするんじゃねーよ。俺たちは結婚を前提として付き合ってるんだ。疑うならおまえの上司の藤原に聞いてみろ」

「……」

「なんなら俺が今ここで藤原に電話してやってもいいぞ」

晃良がポケットから携帯を取り出した。

「い、いえ……それは……」

ふたりの関係を知っている相川は、慌てて首を振る。藤原が出てきたら不利だと思ったのだろう。

「とにかくおまえが女の子とどんな付き合いをしようと勝手だが、秘書室《うち》の人間、特にこいつには関わるな。納得したのならさっさと帰れ！」

晃良が押しつけるように言うと、相川は素早く頭を下げ、まるで転がるような勢いで秘書室から飛び出して行った。

それは脱兎《だっと》のごとくという言葉がぴったりで、相川の姿が見えなくなったとたん、咲良は盛大な溜息を漏らした。

「はぁぁ……」

「大丈夫か？」

そう言いながら振り返った晃良は苦笑いを浮かべている。その顔を見たら心からホッとして、咲良も泣き笑いのような微妙な表情を浮かべてしまう。

晃良があの場に助けに来てくれた理由は納得できたけれど、相川への言葉は少し間違えば上司に脅されたと訴えられてもおかしくない内容だった気もするが、問題にならないだろうか。

咲良がそう問うと、晃良の手が咲良の頭の上でポンポンと跳ねた。

「そのことなら心配いらない。あいつにはああ言ったが、オフレコで藤原には事情を説明しておくし、女性問題に関しては女子社員からハラスメントとしてクレームが出ているらしい。たぶんあの様子じゃ自滅するだろ」

つまり常習犯で、すでに社内では問題になっているから気にするなということらしい。

「乱暴なことされなかったか？」

「ちょっと手首を摑まれただけです」

「俺はおまえが他の男に触られただけで腹が立つんだけどな。こんなことがあって気分じゃないなら、今日は食事はやめとくか？」

「えっ⁉」

晃良の言葉にギョッとして声をあげた。

「どうしてですか？　私、シュラスコ楽しみにしてるんですけど……あ、でも室長がそんな気分じゃないなら」

そこまで言いかけた咲良の頭を晃良の手が乱暴に押さえつけた。

「バカ。おまえがショックを受けてるんじゃないかって心配してるんだけど」

その横顔は少しふて腐れていて、いつも大人の顔を見せている晃良が少年のように見える。もちろんそんなことを言ったら怒られるから、感想は自分の中だけにしまっておく。

咲良は「ふふふっ」と小さく笑った。

「相川さんにはきっぱりお断りしたので大丈夫ですよ」

「うん。まあ、それは正直ホッとした」

その言葉に、今度は咲良が拗《す》ねた子どものような顔になる番だった。

「私のこと、信用してないんですか？」

「そうじゃねーよ。でもおまえ押しに弱いから、相川に迫られたら流されるんじゃないかって心配ではあった」

「そ、そんなことないです！」

「だって、俺が必死にアプローチしたから付き合うことにしたんだろ？　俺だってかなり強引に迫った自覚あるし」

　たしかに晃良にぐいぐい押されて圧倒されたのは認めるが、そのおかげで彼のことを考えるようになり、自分の気持ちと向き合うことができたのだ。

「違います！　そりゃ室長は強引なところもありましたけど……私だって誰だっていいわけじゃないんですよ」

　むうっと唇を尖《とが》らせて睨むと、晃良が探るような眼差しを咲良に向けた。

「それってさ、どういう意味？」

「し、室長じゃなかったら……キスされたときセクハラだって騒ぎましたから！　わかってもらえました？」

「ていうか、セクハラの前に俺以外の男にキスされるな」

「されてないですってば！　さっきだって相川さんの誘いをちゃんとお断りしたでしょ！言っておきますけど、同意もなしにキスをしてきたのは室長ですからね！」

　自分の方が強引だったことをすっかり忘れているらしい。

「それにしても、相川さんに交際宣言なんてしちゃってよかったんですか？」

「前にも言ったけど、うちは社内恋愛禁止じゃないだろ。それにおまえと付き合うって決めた時点で隠すつもりなかったし」

当たり前のように言ってくれるのは嬉しいけれど、秘書室の仲間に知られるのは恥ずかしい。というか心の準備や根回しが必要な気がする。

晃良と付き合っているから贔屓《ひいき》されていると思われないように、もっと仕事ができるようになりたい。

咲良がそう訴えると、晃良は仕方なさそうに頷いた。

「じゃあそっちの方はもう少し考えよう。別におまえを居心地悪くさせたいわけじゃないし、秘書室のムードが悪くなるのは嫌だからな」

晃良はそう言うと、デスクの上にあった咲良のバッグを摑む。

「ほら。行くぞ」

咲良は店の予約があることを思い出して慌ててあとを追う。相川の件がなければ余裕で間に合うはずだったのだ。

エレベーターに乗り込んで、回数が表示されたデジタル画面を見上げていた晃良がぽつりと言った。

「こうしてみると、社内恋愛も悪くないな」

「どうしたんですか、突然」

「だって好きな女と四六時中一緒にいられるし、悪い虫が寄ってきたら自分で追い払える」

晃良は横目で咲良を見つめて、唇をニヤリと歪めた。

「心配しすぎですよ。社内に悪い虫はいっぱいいないですから」

晃良は小さく息をつくと、咲良の手を摑んでグイッと引き寄せた。

「わかんねーの？　それでも心配するぐらいお前が好きなんだよ」

次の瞬間濡れた唇を頰に押しつけられて、咲良は目を見開いた。

「……っ！　な、なにしてるんですか！」

飛び上がって離れようとする咲良の耳元でさらに晃良が囁く。

「早くおまえの部屋に行きたくなった。今メチャクチャに抱きたい気分」

「ええっ⁉」

ギョッとする咲良を見て微笑むと、晃良は開いた扉から一足先に外へと出て行く。

なにも言えずにその姿を見つめていると、晃良が振り返ってニヤリと口角を上げた。

「あ〜、楽しみだな〜」

からかわれているのだから反応しなければいい。そうわかっているのに、咲良は顔を真っ赤にして、エレベーターの外へ出て行く晃良を慌てて追いかけた。

9　あなたのために

「咲良……この下着って」

晃良のわずかに見開かれた目尻がやがて優しく下がっていくのを見て、カアッと頭に血が上る。

「だって……晃良さん、今日は泊まるって言ってたから」

これ以上はジッと凝視する視線に耐えきれず、咲良は両手を交差させて胸元を隠した。

幸いワンピースなのでスカートはまだ腰の辺りでもたついていてショーツまでは見えない。

まあ今夜のために気合いを入れた上下お揃《そろ》いの下着を用意したことに気づかれるのは時間の問題だろう。

初めて晃良と過ごした夜にまったく色気を感じさせないシンプルな下着だったことを後悔していて、ずっと気にしていたのだ。

男性と付き合うということは、いつそういうシチュエーションになっても大丈夫な準備をしておかないといけないと改めて認識して用意したのだが、よく考えればやる気満々にもとれる。

白のシルク地に同色のリボンが織り込まれ、その周りや肩紐《かたひも》をレースのリボンで縁取った可愛らしいデザインは、薄暗い部屋にぼんやりと浮かび上がっていて、咲良の目にも眩しい。

勝負下着とは言わないが、普段は薄いブラウスやカットソーの外に響かない飾り気のないデザインを好んでいる咲良にしては、かなり頑張ったつもりだがやりすぎだっただろうか。

予定通り食事をして、晃良のリクエスト通り咲良の部屋にやってきたとたん、晃良の勢いに押されて流れでこうなってしまったけれど、やはり先にお風呂に入るべきだった。今からでもそれを提案しようと咲良が口を開きかけたが、一瞬だけ早く腰を引き寄せられてしまった。

晃良の手が背中にまわり、途中で止まっていたジッパーを最後まで下ろし、自分の膝の上に抱きあげながら足からワンピースを脱がせてしまった。

「……やぁ……っ」

「ちゃんと見せて」

晃良の太股の上に下着だけの姿で座らされ、まるで品定めのように全身を見つめられる。肌がちりちりと焼けるような気がするのは、きっと晃良の視線のせいだ。

両手で身体をかばおうとしたけれど、手首を摑《つか》まれて晃良が見やすいように腕を左右に開かれてしまった。

「へえ、やる気満々じゃん」

からかうような口調が、さらに咲良の羞恥心を煽《あお》る。わざと言っているのだとわかっているのに、頭の中はすでにこんな下着を用意してしまった後悔でいっぱいだ。

「も、もう見ないで！」

「どうして？　俺のために用意してくれたんだろ？　だったらじっくり見ないともったいないじゃん。それに脱がして欲しいからわざわざこのワンピースに着替えたんじゃねーの？」

「……っ」

晃良の前ではもっと謎めいた大人な女性を演じたいのに、恋愛の経験値のない咲良のすることなど、所詮彼には全部お見通しなのだ。

咲良は急に誤魔化していることが面倒くさくなって、半ばやけくそで叫んだ。

「そうですよ。晃良さんに喜んで欲しかったんです！」

咲良の言葉を聞いた晃良は驚いたのか一瞬目を丸くして、それから横を向いて片手で顔を隠した。

「……し、室長……？」

なにか気に障ることを言ってしまったのだろうか。

「だから……煽るなって言ってるのに、おまえ……仕事以外は学習能力がない」

「は？」

「まあ、そこが可愛いから、ずっとバカでいて」

学習能力がないだのバカだの恋人に囁《ささや》く言葉とは思えない。思わず唇をへの字にすると、晃良は咲良の身体を抱き直して、背後から覆い被さるようにして背中に身体をピッタリと押しつけてきた。

「怒るなって。すげー可愛い。それによく似合ってるし……美味しそう」

「えっ⁉」

——美味しそう。ドキリとする言葉に後ろを振り返ろうとしたが、首と肩のあいだのくぼみに晃良の顔がすっぽり収まってしまいその顔を見ることはできなかった。

「俺のためにデコレーションされたケーキの生クリームって感じ」

晃良は耳のそばで囁きながら、下着の上から胸の膨らみを弄《まさぐ》った。

「イチゴは？　どこに隠してるのかな？」

ブラの下から手が潜り込み、膨らみの中心で硬く凝り始めた先端をキュッと摘まむ。

「んんっ！」

「みっけ」

甘い言葉は下着が期待以上の効果を上げていることを示しているが、晃良が前のときよりもさらにいやらしくなっている気がして、やり過ぎだったかと不安になる。

「室長……今の、オヤジっぽいですよ……」

咲良が思わず口にすると、褒め言葉でも言われたかのように嬉《うれ》しそうに笑う。

「男なんてみんなこんなもんだよ。女の子にいやらしいことを言いたくて仕方がないの」

さらにブラを押し上げられて柔らかな膨らみまで晃良の手の中にすっぽりと収まる。熱い手のひらで揉《も》みほぐされて、すぐに身体のあちこちが疼《うず》き始めた。

背後から抱きすくめられ嬲《なぶ》るように何度も胸を揉み上げられ、硬く膨らんだ先端を指で引き伸ばすように扱かれる。

「はぅ……ん、ん……や、ん……」

「俺にこうされることを想像して、この下着を選んだんだろ?」

耳裏に舌を這わされ、ねっとりと舐《な》めあげられる。擽《くすぐ》ったさにも似た濡《ぬ》れた疼きに身を捩ると、胸に触れていた手が下肢に這わされていく。

「んっ」

下着の上から蜜の滲《にじ》む場所を優しく撫《な》でさすられて、身体がビクビクと引きつるように震えてしまう。

「もう濡れてる」

「……っ」

恥ずかしさに声を呑み込むと、代わりに鼻先から熱い息が漏れた。

指先が濡れた下着を擦りつけるようにして下肢を愛撫《あいぶ》するが、それは表面的な愛撫で咲良が本当に触れて欲しい場所ではない。もどかしさに腰を揺らしても、晃良は焦らすように下着の上から撫でさするだけだ。

「せっかく選んだ下着をこんなに濡らしてエッチな身体」

「それは……室長が触るから……っ」

「じゃあもう触らない方がいい？」

「ち、違う、けど……」

それどころか本当は、下着を脱がせてもっと深くまで触って欲しくてたまらない。何度も口に出しかけていた言葉を、咲良はまた呑み込んでしまう。

「ん、んんっぅ……ぅ」

もどかしさに自分から指を追って腰を押しつけると、耳元で晃良が焦らすように言った。

「咲良、して欲しいことがあるのなら、ちゃんと言ってくれなくちゃわからない」

「……っ」

咲良が焦れていることに気づいていて、わざと困らせているのだ。咲良はもどかしさのあまり涙目になって晃良を振り仰ぐ。

「ちょ、直接触って欲しい、の……」

感極まってしまい懇願するように晃良を見上げる。

「ダ、ダメ……？」

咲良が小さな声で呟《つぶや》くと、晃良の喉がコクンと動いたように見えた。

「……もしかしたらおまえ、学習能力がないんじゃなくて、天才かも」

「え？」

訝《いぶか》る間もなく、晃良は咲良の身体を抱き下ろすとそのまま俯《うつぶ》せに押し倒してしまった。

「きゃあっ」

「おまえって、男を煽る天才」

乱暴な囁きとともに背中でパチンとホックが外れて、重力に従って柔らかな胸の膨らみが晃良の手の中に零れ落ちる。

「あ……っ」

すでに何度も揉みほぐされ愛撫された先端は硬く膨らんでいて、晃良の指の間に挟み込まれる。

「咲良、もうガチガチ。こんなに硬くするなんて、もしかして後ろからされて昂奮《こうふん》してるのか？　いやらしい女」

笑いを滲ませて囁くと、背後から乳首を弄ぶ。剝き出しになった背中にも唇を這わせて、時折チュウッと痛いぐらい強く肌を吸い上げる。

晃良のわずかに乱れた呼吸や熱い息が降りかかって、身体中が疼いて仕方がない。晃良のキスがお尻まで下りてきてショーツに指がかかったときは、咲良は焦らされすぎて思わず甘い吐息を漏らしてしまった。

「もうトロトロ」

「や、言わないで……っ」

下着は自分でもわかるぐらいぐっしょりと濡れていて、触れてもらいたくて仕方がなかったのは一目瞭然だ。

「ほら、もう少し足開け」

晃良はそう言うと膝をついた足を強引に広げて、重なり合っていた花弁を指で割り開く。奥に隠されていた小さな粒を指で押し出すと、その場所にふうっと息を吹きかけた。

「ひぁっ！」

咲良の白い背中が戦慄いて、大きく仰け反る。腰から次々と愉悦が這い上がってきて、シーツを握る指先にまで広がっていく。

「俺のために可愛い下着を着てくれた咲良にはご褒美をあげないとな」

言葉に続いてぬるりとしたものが花弁に這わされる感触に咲良は目を見開いた。

「あっ……いやぁ……ン！」

熱く濡れた舌が敏感な部分を舐めあげていく刺激に、咲良は無意識に膝をついたまま前方に逃げようとする。しかし太股を押さえつけられているせいでそれは叶《かな》わない。

恥ずかしさのあまりシーツに顔を埋めている間にも、晃良の熱い舌が淫らな蜜を溢《あふ》れさせる蜜孔までも抉《えぐ》った。

「あ……あぁ……は……んんぅ」

最初は控えめだったピチャピチャとした水音が次第にジュルリと啜《すす》るような音に変わる。晃良が胎内から止めどなく溢れるいやらしい蜜を淫唇ごと舐めしゃぶっているのだ。

「いやぁ……も、もお……舐めちゃ……いや……んんっ……」

白いお尻を揺らして逃げようとしたけれど、晃良が愛撫をやめる気配はない。それどころか晃良の愛撫はドンドン激しくなって、淫唇の奥に隠れた花芯に指が這わされその場所をクリクリと捏《こ》ね回してくる。

「んふ……あ……ん……んんっ……」

晃良の愛撫は丁寧で、小さな肉びら一枚一枚にも丹念に舌を這わせて、咲良の身体を蕩《とろ》けさせていく。硬く勃ち上がった肉粒はもはや舌先が掠《かす》めるだけで感じてしまい、頭の芯までドロドロになってもう抵抗することなど考えられなくなっていた。

長い指が開いた蜜孔に差し入れられたときなど、自分から挿れやすいように足を開いてしまったほどだ。

「もう……痛くないか？」

晃良は胎内に先日の傷がないか確認するようにゆっくりと長い指を沈めていったが、奥が疼いて仕方がない咲良はもっと激しく指で愛撫して欲しかった。

もちろんそんなことを口にする勇気はない。ブルブルと太股を震わせながらシーツにしがみついていると、長い指が浅い場所を擽るように動き始めた。

すぐに指が増やされて、膣洞を引き伸ばすように指が胎内を大きく広げる。わずかにできた空洞に空気が入り込む感触すら気持ちよくて、また身体の奥から蜜が溢れてしまう。

「咲良……濡れすぎ。そんなに気持ちがいい？」

卑猥《ひわい》な言葉が耳に届くが、何度も言われているうちに麻痺《まひ》してきて、自分が本当に淫らでいやらしい女なのだと思えてくる。

　ぐちゅぐちゅと指をねじ込まれて後ろから愛撫されるのは少し不安なはずなのに、気持ちがいいと思えてしまうのはなぜだろう。

　蜜にまみれた淫唇や膣洞がブルブルと震え、お腹の奥が熱くて早くイキたくてたまらない。痛いぐらいの愉悦のあとの開放感を味わいたくてたまらないなんて、自分はきっと淫らな女なのだ。

「あ、あぁ……や……イキ、たい……っ」

　なんて恥ずかしい言葉を口にしているのだろう。

「いいよ」

　晃良は咲良の淫唇に息を吹きかけながら返事をすると、蜜孔を嬲る指の動きを大きくした。

「んぁ！」

　蜜壁を引き伸ばしながら深いところまで指をねじ込まれて、身体が大きく跳ねる。クチュクチュと膣洞をかき回す水音が恥ずかしくてたまらないのに、その羞恥すら咲良の官能を刺激する。

　膝立ちになっている足がガクガクと震えてしまい、今にもベッドの上にへたり込んでしまいそうだ。

「んぅ、んっ、んぅ‼」

背中にゾクゾクとした痺れが走り淫らに腰をくねらせると、晃良が柔らかな太股に強く歯を立てた。次の瞬間高まっていた身体が、甘い痛みが引き金になって一気に高みに押し上げられる。

「ん！　んんんぅ‼」

咲良はシーツに顔を埋めたまま、華奢《きゃしゃ》な身体を大きく戦慄《わなな》かせて上りつめてしまった。

「あ、はぁ……っ」

ビクビクと大きく身体を震わせて、晃良の長い指を強く締めつける。

「すごい……咲良。胎内がずっと痙攣《けいれん》してる。そんなに気持ちよかった？」

いつまでたっても治まらない余韻に、咲良はとうとう脱力してベッドに倒れ込んでしまった。

「咲良……超エロい」

遠くで晃良の声が聞こえるけれど、あまりにも強い快感を味わったせいでなにを言われているのかよく理解できない。

咲良がベッドの上に頽《くずお》れ荒い呼吸を繰り返していると、腰に手が回されお尻を突き出すように引き上げられる。

「あ……」

「咲良は休んでていいよ。でも俺も気持ちよくさせて」

なにをされているのかわからず、太股に硬いものが押しつけられる。震える足の間に熱いものを擦りつけられて、咲良は目を見開いた。

「足開かないで……そうギュッとしてて」

淫らな蜜で濡れた太股の間に硬いものを挟み込まれて、晃良はほっそりとした腰を摑むと激しく揺さぶり始めた。

「ひ、あぁ……っ！」

すでに口淫でたっぷりと解されて濡れそぼった花弁の間を肉竿が前後して、ぬるぬると淫らな刺激を伝えてくる。膨らんだ雄の先端がすっかり勃ちあがった花芯を押し潰し、ふたりの間からグチュグチュといやらしい音が漏れた。

「あ、あぁ……や、ン！」

挿入されているわけではないのに、肉棒で花芯を刺激されるたびに空っぽの膣洞がキュウキュウと収斂《しゅうれん》してしまう。

乱暴に腰を押しつけられるたびに小さな粒を押し潰されて、お腹の奥が疼いて仕方がない。咲良はちゃんと胎内を愛して欲しくて、首を捻って切なげな眼差しで晃良を見上げた。

「や、これ……ちが……んん……ぅ」

「咲良、ちゃんと言わなきゃわからないって言っただろ」

「……っ」

そんなこと口にできるはずがない。咲良がシーツに顔を押しつけてイヤイヤと首を横に振ると、晃良からはあっさりとした返事が返ってきた。

「あっそ。じゃあこのまま続けていいんだな。俺は……これはこれで気持ちいいから」

さっきほどよりも強く雄芯で媚肉を擦られ、奥に隠れた花芯が疼く。

「あっ、あっ……し、しつちょ……んんっ！」

このままイカされてしまいそうで、咲良はもう一度すがるように晃良を見上げた。

「いやぁ……ちゃんと……挿れ、て……っ」

「咲良もう一回。ちゃんと名前で呼んで」

「晃良さ……挿れ、て……」

「はぁっ」

晃良は感極まったように息を吐くと、いったん太股の間から肉棒を引き抜き、後ろから咲良の足を大きく開かせる。そして背後から覆い被さるようにして、咲良の隘路《あいろ》を一気に貫いた。

「あっ、あぁぁっ！」

待ちわびていた雄竿を受け入れた瞬間、その刺激に蜜壁が大きく戦慄き晃良にきつく絡みつく。

「くっ……は……」

晃良の唇から苦しげな声が漏れ、これ以上耐えきれないとばかりに腰を打ちつけてくる。

後ろから抱かれるというだけでも刺激的なのに、晃良の滾《たぎ》った雄はこれまで感じたのとは違う場所を激しく擦りあげていく。

てしまう。

「あっ、あっ、あぁ……ん！」

新しい快感に目の前でチカチカと小さな星が飛び散り、恥ずかしいぐらい甘い声が漏れてしまう。

「ま、て……もっと、あっ、ゆっくり……」

「ヤダ」

晃良は息を乱しながら、咲良の懇願をきっぱりと切り捨てる。それどころか咲良を押し潰すようにさらに体重をかけて動けなくさせると、足の間に手を伸ばし赤く充血しているはずの肉芽に触れた。

「ひぁっ！　や、ダメ……ぇ……！」

いま蜜孔と花芯を一緒に刺激されたらすぐに上りつめてしまう。必死で身体の下から抜け出そうと身動ぎするが、咲良の弱々しい抵抗はあっけなく封じられる。

「……んっ、んんぅ……っ！　あ、あぁ……っ」

快感が高まるにつれて背中にはじっとりと汗が滲んできて、あろうことか晃良はその濡れた背中や首筋に舌を這わせる。

「や、そんな……舐めな……で……」

「どうして？　こんなに……いやらしい味がするのに」

言葉と共に耳裏にも舌が這わされ、柔らかな耳朶《みみたぶ》もぱっくりと咥え込まれてしまう。甘い愉悦と羞恥が頭の中でごちゃ混ぜになって、もう自分がなにをしたいのかもわからない。

晃良に肉竿を引きずり出されては突き入れられるという行為に意識を持っていかれて、いつの間にか内壁を熱くうねらせながら与えられる快感に身を任せていた。

「ふ……っ、あ、あぁ……っ、も、いや……んんっ」

「嫌でも、もう放さないから……」

咲良を抱く腕に力を込めて囁かれる言葉は独占欲丸出しだが、強い快感が怖くてつい拒絶の言葉が口を出てしまっただけだ。

しかし晃良は咲良がまだ拒絶していると思ったのか、さらに強く腰を押しつけてくる。

「今夜は……メチャクチャに抱きたいって言っただろ。それに咲良が誰のものなのかちゃんと身体にも覚えさせないと。もう相川みたいなヤツに触らせないように」

「あ、あれは……んんっ」

あれは相川が一方的に迫ってきただけで咲良に非はない。晃良だってわかっているはずなのに、自分が好き勝手にしたいための詭弁《きべん》だ。

それにそんなことをしなくても、心も身体もすっかり晃良に支配されてしまっているのに。

咲良はシーツに身体を押しつけられながら、晃良が満足するまで彼の熱情を受け止めるしかなかった。

最奥で晃良が大きく震えるのを感じて、わずかに頭をもたげか細い悲鳴をあげる。もう喘《あえ》がされすぎて、声がかれてしまっているのだ。

「はぁ……はぁ……」

こんなにも激しく運動したのはいつぶりだろうと思うぐらい疲労感が大きい。

晃良の衝動も激しかったが咲良の身体はさらに強い官能に支配されていて、震えがなかなか治まらない。余韻にビクビク震えながらシーツの上で脱力していく咲良の身体を、力強い腕がギュッと抱きしめた。

最初の夜も一度では終わらず、ルームサービスを食べたあとにバスルームとベッドで抱かれたのだが、世の恋人はデートのたびにこんなに濃厚でいやらしい夜を過ごすのだろうか。

全身がすっかり快感に蕩けていて、手足に力が入らない。明日は幸い会社が休みだが、翌日に仕事がある日は手加減して欲しい。トロトロと浅い眠りに引き込まれながら咲良はそんなことを考えた。

このあとまた晃良に激しく抱かれることまでは想像できない咲良は、自分を包みこむ温もりにうっとりしながら意識を手放していた。

エピローグ

「そうだ。兄貴に報告があるんだけど」

専務室でその日のスケジュールを確認していた咲良の隣で、晃良が突然口を開いた。

普段なら丸山か宇治原といった同じチームのメンバーが一緒に朝の確認に同席することがあっても、室長である晃良が参加することはほとんどない。

今朝はチームのふたりが重役会議の準備にかり出されていたので咲良がひとりで打ち合わせするつもりだったが、なぜか晃良も一緒に部屋に入ってきたのだ。

彼もなにか用事があるのか、それとも咲良の仕事ぶりの確認かと気にも留めなかったが、咲良と俊哉の会話が途切れたとたん、ずっと黙っていた晃良が急に口を開いたのだ。

「……室長？」

咲良が訝《いぶか》しげに振り返ると、晃良はさらりと思いがけないことを口にした。

「俺たち付き合ってるから、よろしく」

「ええっ⁉　し、室長……な、なにを……」

そのうち俊哉に話さなければいけないとは思っていたが、なんの相談もなく報告されると思っていなかった咲良は狼狽《うろた》えてしまう。

俊哉はといえば、一瞬呆気《あっけ》にとられたように見えたが、さすが晃良の兄という貫禄《かんろく》ですぐに気を取り直して口を開いた。

「おまえ、会社の子には手を出さない主義じゃなかったのか？　しかも直属の部下なんて別れたら気まずいから絶対にイヤだって言ってただろ」

どうやら俊哉にも社内恋愛をしないと宣言していたらしい。すると晃良は悪びれもせず、わずかに肩を竦《すく》めただけで、あっけらかんとした表情は変わる様子がない。

「あーそんなこと言った気もするけど」

「いつから宗旨を変えることにしたんだ」

「別に変えてねーよ。こいつとは別れるつもりもないし、結婚も考えてるから付き合っただけ」

「……」

晃良には結婚を前提に同棲《どうせい》したいと言われてはいるけれど、それに関してはまだ具体的な返事はしていない。もちろん断るつもりで軽々しく付き合っているつもりはないが、まだ付き合い始めで、これから色々話し合ってひとつひとつ決めていくレベルなのだ。

ふたりの将来をきちんと考えてくれているのは嬉《うれ》しいが、まだ咲良の心の準備ができていないというのが本音だった。

それにふたりの会話は淡々と進んでいて、咲良は口を挟んでそれを告げていいのかどうかもわからない。

　すると俊哉が咲良に視線を向け、深い溜息《ためいき》をついた。

「ふたりが付き合うのはかまわないし、晃良が結婚まで考えるほど真剣に交際したいっていう女性が現れたのも嬉しいんだけど、僕の立場としては手放しで喜べないな」

「……」

　どうやら俊哉はふたりの交際に反対らしい。飯坂家は家柄もいいと聞いているし、実は密かに心配していたことだったが、やはりはっきりと言われると動揺してしまう。

　よくあるパターンだと恋愛と結婚は別だとか、もっと育ちのいい女性を紹介するとか言われるのだろうか。

　冷静でいられなくなった咲良が、落ち着かない気持ちで床に視線を落としたときだった。

「なんで兄貴にそんなこと言われなくちゃならねーんだよ。まあ兄貴が反対しようと関係ねーけど」

　怒りをはらんだ晃良の声に、咲良はハッと顔を上げた。

　このまま会話を晃良に任せていたら、彼の性格的に喧嘩《けんか》別れになってしまう可能性がある。晃良との交際を反対されるのは悲しいけれど、自分のせいで兄弟の仲を拗《こじ》らせるわけにはいかなかった。

「あの……！」

　咲良はその場にそぐわないぐらいの大きな声で言った。

「理由を……お聞かせ願えますか？　私は室長と……晃良さんと中途半端な気持ちで付き合っているつもりはありません。私の家は飯坂家に比べると名もない庶民で、家柄とか実家の資産とか色々釣り合わないことが多いと思いますが……」

俊哉が黙って咲良の言葉に耳を傾けていることに微かな希望を感じて言葉を紡ぐ。

「でも、私が晃良さんを好きな気持ちは誰にも負けません。絶対に晃良さんを大切にすると約束します」

もちろん俊哉や飯坂家にとってそんな誓いなどなんの役にも立たないことはわかっていたけれど、これまで自分を大切にしてくれた晃良への気持ちを表すにはこれしかないと思った。

咲良の言葉が途切れたあと、専務室がしんと静まりかえる。その沈黙は実際にはほんの一瞬だったが、咲良にはとてつもなく長い時間に感じられた。

「咲良」

一番最初に口を開いたのは晃良だった。俊哉の前だというのに手を伸ばして咲良の肩を抱き寄せる。それから耳に唇を寄せ、小さな声で「サンキュ」と呟《つぶや》いた。

「兄貴、そういうことだから俺は咲良と交際を続けるつもりだ。口は出さないでくれ」

きっぱりとそう言い切ってくれたことが嬉しくて、胸がいっぱいになる。感極まった咲良が見上げると晃良が包みこむような眼差しでこちらを見下ろしていた。

――この人を好きになって良かった。咲良が改めて自分の気持ちを確認したときだった。

突然俊哉がククククッと喉を鳴らして笑い出した。

「……なにがおかしいんだよ」

気色ばむ晃良の前でも俊哉はしばらく笑い続け、やがて涙目になりながら笑いを収めた。

といっても、相変わらず唇には笑いが滲《にじ》んでいた。

「晃良、素敵な女性を見つけたじゃないか」

予想外の言葉に咲良の肩を抱いていた晃良の指がピクリと震える。もちろん咲良も驚いて目を見開いた。

「……」

「山口さん、誤解させてしまったみたいだけど、僕は君と晃良の交際を反対するつもりはないよ。むしろ晃良みたいなタイプには君みたいなしっかりした人がそばにいてくれた方が安心だと思ってるぐらいなんだ」

「そう、なんですか？」

では、なぜ手放しで喜べないなんてことを言ったのだろう。

「というか、三十を過ぎた弟の交際相手に口を出したりしないよ。僕が喜べない理由は、優秀な秘書がすぐにでも寿退社されたら困るってことだ。むしろ大切な秘書に手を出されたことに対して説教をしてもいいと思っているぐらいだから」

「……」

つまり交際は続けてもいいということだろうか。咲良はその言葉の意味を遅れて理解したとたん脱力してしまい、晃良に肩を抱かれていなければその場にへたり込んでいただろう。

「なんだ、そういうことか」

まだ状況が飲み込みきれない咲良の隣で、晃良がホッとしたように笑うと俊哉も笑顔を返す。

「だったらもったいつけずに最初からそう言えよ。俺が選んだ女にケチつけるのかと思った」

晃良がふて腐れたように俊哉を睨《にら》みつける。まるで子どものような態度なのに、俊哉は慣れているのか笑みを浮かべたままだ。

「おまえがまともになることに関してなら大歓迎だから。むしろ愛想を尽かされないように彼女を困らせるなよ」

兄弟ならではの会話に咲良は温かい気持ちになった。きっと晃良は子どもの頃からこんなふうに俊哉に食ってかかっては、冷静に諭されていたのではないだろうか。

いつも部下たちを気遣う、仕事のできる晃良の意外な一面に自然と唇が綻んでしまう。

「山口さん、ふつつかな弟ですがよろしくお願いします」

突然改まった口調で頭を下げられ、咲良も慌てて姿勢を正す。

「こ、こちらこそ……よろしくお願いいたします」

「こいつがわがままを言って嫌になったら、愛想を尽かす前に俺に相談してね。ちゃんと説教してあげるから」

「な！　兄貴にそんなこと言われる筋合いねーし」

ムキになった晃良はすっかり弟の顔だ。

「よかったら、今度うちの食事会にも来て欲しいな。うちの家族や奥さんにも紹介したいし」

「だからなんで兄貴が誘うんだよ！」

「いいじゃないか。子どもの頃から文乃一筋の雪斗はいいとして、俺たち兄弟の中で母さんが一番心配してたのはおまえなんだから、早く安心させてやれよ」

俊哉の言葉に晃良は少し面倒そうに髪をクシャクシャッとかき回す。母親のことを出されると弱いらしい。

「そのうちな」

それだけ言うとサッと咲良の手首を摑《つか》む。

「おい、もう打ち合わせ終わったんだろ？　行くぞ」

有無を言わさぬ態度で手を引っぱり出口へ向かおうとするので咲良は慌てて俊哉に頭を下げる。すると目の端で俊哉がウインクをしながらヒラヒラと手を振るのが見えた。

廊下に出ると晃良はパッと咲良の手を自由にした。幸い廊下に人気はなかったが、誰かに見られたりしたら大変だ。

ホッとしたのもつかのま、晃良は咲良をその場に残したままスタスタと歩き出してしまう。

「ちょ……っ！　待ってください！」

慌ててあとを追いかけるとその腕を摑んだ。しかし晃良は少し歩調を緩めただけで立ち止まる気配はない。

どうやら咲良から逃げようとしているらしい。

「室長、ひどいですよ。不意打ちなんて」

咲良は晃良の隣に並んでその横顔を見上げた。

今さらだが、俊哉に話をするなら予め相談しておいて欲しかったという不満が湧き上がってくる。

もし俊哉に反対されたらどうするつもりだったのだろう。仕事にだって差し支えるし、大変なことになっていたはずだ。

いつもきちんと計画を立てて仕事の進行を見守る晃良にしては衝動的すぎて、きちんとした説明をして欲しかった。

「別に……兄貴に話すのは早いほうがいいと思ってたんだ。たまたま他のスタッフもいなかったしタイミングがいいと思ってさ」

やはり衝動的だったらしい。

「だったらせめて前振りぐらいしておいてくださいよ。私にだって心の準備ってものがあるんです。専務が納得してくれなかったら大変なことになってたんですからね」

ふんふんと軽く頷《うなず》きながら咲良の言葉を聞いていた晃良だが、ふと思いついたようにピタリと足を止めた。

「そういえば」

咲良を見下ろしてニヤリと口角を上げる。これはなにか咲良に不利なことを思いついた顔だ。

「咲良、さっき俺にプロポーズしただろ」

晃良の突拍子もない言葉に目を丸くする。

「は？　なんのことですか？」

晃良が結婚を前提として付き合っていると言ったのは覚えているし、これまでにも何度か言われたことがある。しかし咲良からそんなことを晃良に言った記憶はない。

訝しげに首を傾げる咲良に向かって、晃良は自信たっぷりの顔で言った。

「兄貴に、絶対に俺を大事にするって言ってくれたじゃん。あれってプロポーズのときに言う台詞だろ」

「あ、あれは！」

解釈によってはそう聞こえるかもしれないが、そこまで深く考えて口にしたわけではない。その場の雰囲気とか勢いと言うと怒られるかもしれないが、あの場がそんな空気でなかったことは晃良が一番わかっているはずだ。

つまり不意打ちで俊哉に話したことを咲良に問い詰められ、それを誤魔化すために話をすり替えようとしているのだろう。

「あれはそう意味じゃないです！　いえ、室長のことを大切にしたいって思っているのは本当ですけど、あの場でただ反対されるのを黙って聞いていたくなかったから」

「咲良がそういう気持ちだったとしても、俺には甘いプロポーズに聞こえたけど」

「意訳すぎます！」

誤解を解こうと必死になる咲良の様子が面白いのか晃良の唇には相変わらず笑みが浮かんでいる。

「そんなことない。咲良はあんまり自分の気持ちを言ってくれないし、ああ、こういうことを考えてくれたんだって思ってすごく嬉しかった」

「……」

そう言われてしまうと、なにも言えなくなる。確かにいつも可愛いとか好きだと告げてくれる晃良に比べて、なにも口にしていない。でもそれは気持ちがないからではなく恥ずかしいだけだ。

もし咲良がなにを考えているかわからず不安を感じていたというのなら、もっと言葉でも伝えなければいけないのかもしれない。

咲良はこれまでの態度を反省しかけていたが、晃良の次の言葉にすぐにそれを後悔する。

「今すぐキスして俺の気持ちを伝えたいぐらい嬉しい。ていうか、キスしようか？」

咲良は最後の台詞にギョッとして後ずさる。

「ば、馬鹿なこと言わないでください！　仕事中です！」

また咲良が慌てるのを面白がっているのだ。こういうときの晃良には付き合ってはいけない。短い交際期間ながら咲良が学んだことだった。

その場に晃良を置き去りにして先にオフィスに戻ろう。そう思ってその場を離れようとした咲良の手首を晃良が摑む。ハッとした次の瞬間、打ち合わせスペースのパーティションの向こうに引っ張り込まれていた。

「しつちょ……っ！」

抗議の言葉を口にするよりも早く、素早く身体を引き寄せられて唇を塞がれる。

「ん………ぅ!!」

すぐに胸を押し返そうと腕を伸ばしたが、その腕も一緒に抱きしめられて動きを封じられている間に、さらにキスが深くなっていく。

「ん、ふ……っ」

強引に唇の隙間からねじ込まれた舌を自身の舌で押し出そうとしたけれど、逆に舌を絡め取られて口の中がいっぱいになってしまう。

もう何度もキスを交わしているから、身体は晃良の愛撫《あいぶ》にすっかり感じやすくなっていて、すぐに身体が熱くなってしまう。まるで唇から注ぎ込まれた甘い毒が全身に広がっていくみたいに、身体が熱を持ってしまうのだ。

「は……んぅ……ふ……」

思わずいつものように声を漏らしそうになり、慌ててそれを喉の奥で押し殺す。ここはオフィスで、パーティションの向こうに、いつ誰が通りかかるかわからない。それどころか、隣の打ち合わせスペースに誰もいないかすら確認していないのだ。

この状態で咲良ができることと言ったら必死で声を我慢するぐらいで、晃良が満足するまで強引な口づけを受け入れるしかなかった。

「……はぁ……っ」

やっとキスから解放された咲良は覚束ない足を励まして逃げるようにパーティションから出ると、いくつか並んだスペースに誰もいないことを確認してホッと胸を撫《な》で下ろす。

「もぉ！　誰かに気づかれたら……どうするんですか！」

晃良を睨みつけると、晃良は悪びれる様子もなく涼しい顔だ。

「それも悪くないな。コソコソ付き合うなんて性に合わないし」

本気とも冗談ともつかない口調に、咲良の怒りはさらにヒートアップする。晃良はなんでも自分の思い通りになると思っているようだが、そうではないことを早いうちに理解してもらっておいた方がいい。

晃良ときちんと付き合うのなら、このまま主導権を渡しっぱなしにするつもりはなかった。

「室長の気持ちはわかりました。今後私に相談なく勝手に今日みたいにふたりの関係を話したり、会社で無理矢理キスなんてしたら、二度と指一本触れさせませんから！」

咲良のきっぱりとした口調に、それまで余裕の態度だった晃良が初めて顔色を変える。

「おまえ、本気で言ってるのか⁉」

気色ばんだ口調だったが、こればかりは譲ることはできない。

「本気です！　私、この仕事が大好きなんです。室長だってさっき専務に仕事はちゃんとするって約束したばかりじゃないですか。それなのに邪魔をするんだったら、専務に言い付けます！」

「なっ！　兄貴に頼るなんてずるいぞ！」

「だってそうしないと室長、好き勝手するじゃないですか。きっと専務は私の意見を支持してくれると思いますけど」

本当に告げ口をする気などないが、この台詞は晃良には効果てきめんだった。

「わかった！　降参‼」

数瞬にらみ合っていた晃良が、言葉と共にパッと両手を上げた。

「おまえが嫌がることはしない。元々咲良の反応が可愛いからちょっかい出すだけで、怒らせたいわけじゃないから」

「はい」

「だから……兄貴には口を出させるなよ」

ふて腐れた子どものような表情に噴き出しそうになり、咲良は慌てて唇を引き結んだ。

思っていた以上に晃良は俊哉に弱いらしい。これまで仕事中はそんなふうに見えなかったけれど、もしかしたら兄弟ならではの弱みでも握られているのだろうか。きっと晃良は絶対に口を割らないと思うけれどいつか俊哉がこっそり教えてくれるかもしれない。

「わかりました。それなら私も言いません」

「うん」

「そのかわり、ちゃんと約束は守ってくださいね」

咲良は晃良の目の前に小指を立ててから、少し子どもっぽかっただろうかと心配になった。しかし晃良はためらいなく自分の小指を絡めると、指切りげんまんをしてくれた。

「じゃあこれで仲直りな」

「はい」

咲良が頷くと、晃良が先に打ち合わせスペースから出て咲良を振り返る。

「一応確認しておくけど、どういうときならおまえに触っていいわけ？」

「そりゃ会社の外でふたりになったときに決まってるじゃないですか。そもそも社内恋愛してるカップルだって、会社内でいちゃついてるの見たことないですし」

小走りで晃良の隣に並ぶと、晃良が顔を顰《しか》めた。

「そうだけどさ。じゃあどうしても咲良が可愛いな～とか触りたいな～と思ったときはどうすればいいわけ？」

「それは……我慢してください！」

「えー我慢できるかなぁ」

「たった今約束したばかりじゃないですか！」

もしかしてもう約束を反故にするつもりだろうか。咲良が唇をへの字に曲げると晃良が真顔で咲良を見下ろした。

「それならそろそろ一緒に暮らすことには同意して欲しいんだけど」

「え？」

先に立ち止まったのは咲良だった。

「毎日家に帰ったら咲良がいると思ったら我慢できるかも」

「……」

「ダメ？」

上目遣いでおねだりをする子どものような眼差しで見つめられて、咲良はとっさになにも言い返せない。

「……朝目覚めたときに咲良が隣にいたら、一日頑張れるなぁ」

そんな言い方はズルイ。それにいい年をした男がそんな顔をしないで欲しい。

不覚にも一瞬晃良を可愛いと思ってしまった咲良は、白旗を掲げる代わりにがっくりと肩を落とした。

「……ま、前向きに検討します」

「じゃあ今夜は部屋に行ってもいいだろ。その辺をちゃんと話し合わないとな」

慎重派の咲良としては最大限の譲歩なのに、晃良はすかさず次の条件を突きつけてくる。

実は秘書室ではなく、営業や渉外の仕事の方が向いているのではないだろうか。

　このままではどんどん条件を出されてこちらの分が悪くなりそうだ。

「とにかく、も、もうこの話はおしまいです！　仕事に戻ります！」

　秘書室のそばでこんなことをやっていたら、いい加減本当に誰かに見られてしまう。すると晃良は咲良の言葉を待っていたかのようににっこりと満面の笑みを浮かべた。

「わかった。じゃあお互い約束は守るってことで、詳細は今夜」

「……」

　今度こそ晃良が先に立って歩いて行く背中を見送りながら、咲良はなんとなく納得がいかなかった。

　主導権をとるつもりがすっかり丸め込まれてしまった気がする。晃良の方が上手《うわて》なのは仕方がないけれど、なんだか憧れていた映画のような恋とはかけ離れてきた気がする。

「こんなの全然ロマンチックじゃない……」

　ふと最近は以前ほどロマンス映画に夢中になっていない自分に気づく。晃良にちょっかいを出されるようになってからは彼のことを考える時間が多くなり、一緒に過ごすことも増えたのでそちらに割く時間がなくなったのだ。

　もちろん今もロマンス映画は素敵だと思うし、憧れがある。でもそれよりも晃良と過ごす時間は貴重で、もしかしたら自分の気持ちを変えてくれた晃良との出会いは、実は一番ロマンチックなのかもしれない。

それよりも今は、晃良が好きなものや興味のあることをもっと知りたいと思った。休日はどんなふうに過ごすのか、好きなファッションや食べ物の好み、休日に一緒に料理するのは嫌だろうか。

いつの間にかそんなふうに晃良と一緒に暮らす未来を想像している自分が可笑しくなる。晃良には検討するともったいつけたものの、本当は最初から気持ちは決まっているのだ。

まずは今夜、晃良に一緒に好きな映画を見ようと誘ってみようか。

お互いのことをもっとたくさん知って、ふたりの好きなものがいっぱいの部屋なら、晃良の言う通り家に帰るのが待ち遠しくなりそうな気がする。

もちろん晃良のことだから、映画を最後まで見せてくれないかもしれないけれど。

After Episode

晃良と付き合い始めてから数ヶ月が過ぎ、咲良はこの交際最大の正念場に立たされていた。

なんと飯坂家のバーベキューパーティーに招待され、今まさに晃良の車で飯坂家に向かっている真っ最中だ。

なんでも晃良の両親の結婚記念日を祝う集まりだそうで、飯坂家の他には家族ぐるみで付き合いのあるピーチドラッグの桃園社長夫妻と、その娘文乃も招かれているらしい。

晃良はカジュアルな集まりだから気を使わなくていいと言ってくれたけれど、やはり初めて彼氏の家を訪ねるのに、緊張せずにはいられなかった。

もちろん俊哉や社長兼会長である正嘉にはふたりの交際を報告してあるし、桃園社長とも三男の雪斗とも面識がある。しかし晃良の母や俊哉の妻、桃園夫人、つまり文乃以外の女性とは初対面なのが咲良の不安を煽《あお》った。

いくら晃良の恋人とはいえ、本当に一社員の自分が顔を出していい集まりなのだろうか。

晃良は心配ないと言うが、セレブな女性たちの中に放り込まれるこちらの身にもなって欲しい。

仕事ではなんでもそつなくこなすと言われている咲良だが、彼氏の家族となると話は違うのだ。

「咲良？」

車の助手席でずっと黙り込んでいた咲良に見かねた晃良が、窺《うかが》うように声をかけてきた。

「……だ、大丈夫か？」

「……やっぱり、帰りたいです……」

「……」

咲良のピリピリとした空気感が伝わったのだろう。晃良は少し考え込んで、それからその声音をいつもより優しくする。

「どうした？」

運転席から伸びてきた手が、咲良の頭を優しく撫《な》でた。

少し前まではセクハラだと思っていた仕草が、いつの間にか咲良をホッとさせる。それどころかいつの間にかこの手がなければ過ごせなくなっていた。

「やっぱり……私なんかがお邪魔したら場違いですよ……」

仕事の上でならいくらでもセレブな皆様のお相手もできるが、自分がその一員として招かれるのは別の話だ。もし、万が一粗相があって晃良の母に嫌われてしまったらと思うと気が気ではない。

「なんだよ、まだそんなこと気にしてるのか？」

「気にするに決まってるじゃないですか。だって彼氏のお母様に嫌われたら一巻の終わりなんですよ！」

「一巻の終わりって大袈裟《おおげさ》だろ。ていうか、うちの母親は咲良に会えるのを楽しみにしてるから安心しろ」

「え？　なんか言ったんですか？」

「んー、親父も兄貴もお前のことべた褒めしてたから、印象悪いわけないし」

晃良の言葉を聞き、咲良は安心するどころかさらにパニックになる。

「なんでそんなことするんですか！　ハードル上がっちゃうじゃないですか‼」

「じゃあどうすれば良かったんだよ」

「そこは少し抜けてるとか不器用とか下げぎみで説明しておいてくれれば〝あら、思っていたよりもいい子ね！〟ってパターンもあったんですよ？　だいたい息子の恋人にいい感情を持つ母親っているんですか？　私、追い出されたりしないですよね？」

口にすればするほど不安になってくる。もういっそこのまま車を降りて逃げ帰ってしまいたい。

「ったく」

晃良は小さく呟《つぶや》くと、車を路肩に停めた。

「……晃良さん？」

「ん。手、出して」

そう言うと、躊躇《ためら》う咲良の手を握りしめる。

「うわ。冷たいな。そんなに緊張してんのか」

「だって……私なんて」

「だからそういう言い方すんな。おまえ、自己評価低すぎ。ていうか、俺が好きな女を悪く言うなよ」

怒ったように顔を覗《のぞ》き込まれて、咲良はしゅんと俯《うつむ》いた。

「……そう思ってるのは晃良さんだけですよ」

「ていうかさ、そんなに緊張しなくていいって。今日はかしこまった食事会じゃなくて、庭でバーベキューするだけだからさ。せっかくの休日だし、サクッと顔出して夜はお前のマンションでゆっくりしようぜ」

確かに向かい合って食事をするよりは逃げ場もあると思っていたし、緊張も緩和されそうだ。

「俺が一緒なんだから大丈夫だ」

咲良が緊張で固まっていた表情をわずかに緩めたのを見て、晃良は大きな手で咲良の頭を撫《な》でてから、もう一度車を発進させた。

しかし、咲良はすぐに晃良の言葉を信用してしまったことを後悔することになった。

晃良の言葉通りバーベキューパーティーなのは間違いないが、会場の規模が違いすぎたのだ。

以前に山の手の高級住宅街に住んでいると聞いていたが、実際に目にしてみると、自分の認識が甘かったと思い知らされる。

二メートルはある石造りの門柱に白い鉄柵、白い石畳と青々とした芝生の向こうには石造りの建物が見えた。

それは住宅というより西洋のお城という表現がぴったりで、これが晃良の実家でなければもっと気楽にその素晴らしい建物を堪能できただろう。

思わず感嘆の溜息《ためいき》を漏らした咲良を見て晃良が首を傾げる。

「どうした？」

「いや、わかってましたけど……室長ってメチャクチャお坊ちゃまじゃないですか。もう城じゃないですか。ていうか、王子？」

「なんだよ、王子って。まあ親のおかげでそれなりにいい思いはさせてもらったとは思うけど、うちの王子と言ったらやっぱり兄貴だろ。出来のいい跡取り息子だし、まわりの期待に応えるタイプだからさ。まあその優秀な兄貴のおかげで、俺はこうやって好き放題させてもらってるけど」

「確かに……専務って完璧ですもんね」

咲良は晃良の言葉に頷《うなず》いた。確かに俊哉はお城に住む王子様タイプだ。それに比べると晃良は外に自由を求めるタイプだから、お城の中でマジメに政治に携わる王子ではない。

ちなみに三男の雪斗とは一度しか話したことはないが、初対面の印象では几帳面《きちょうめん》かつ神経質そうに見えたから、政治で言うと裏であれこれ動く腹心とか参謀タイプだ。

「前から思ってたんですけど、室長はあまり家業に興味がないんですか？」

「咲良、また室長に戻ってる」

「あ……っ」

しまったという顔で口を覆った咲良を見て、晃良はくすりと笑う。

「今日は間違えたらお仕置きな」

「えっ⁉　だって、今日は専務も社長もいらっしゃるし、会社と変わらないじゃないですか。多少は仕方ないと思ってくださいよ」

咲良がギョッとして言い返す。そもそも晃良を名前で呼んでいたら、逆に仕事中に間違えてしまいそうで怖いのだ。

秘書室の中ではまだ交際を公にしていないから、万が一呼び間違えてしまったら大ごとだ。

逆に晃良は呼び間違えたことがないから咲良の切り替えが下手だと言われればそれまでだが、室長と呼んできた期間の方が長いことも考慮して欲しい。

咲良があれこれ理由を並べ立てると、晃良は軽く肩を竦《すく》めた。

「せっかくの休みなのに、俺が嫌なの。ちゃんと数えておくからな」

「そんなぁ」

これまでも休日デートの時に何度か呼び間違えて、その回数分だけ咲良からキスをするとかペナルティを受けているのだ。

咲良が恥ずかしがったり、嫌がったりすることばかりを条件にして面白がっている。もちろんペナルティだから仕方がないが、それで晃良を喜ばせるのは悔しい。

「絶対間違えませんから！」

「はいはい。ほら、行くぞ」

手を差し伸べられて、ふて腐れていた咲良は渋々その手を握るしかなかった。

先ほど門の前で飯坂家の立派さに驚いたばかりの咲良は、バーベキューをするという庭に案内され、また新たな驚きを覚えることになった。

考えてみれば大人数が自宅の庭でバーベキューが出来るというのだから、それなりの広さがあるのは想像して然るべきだったのだが、飯坂家の庭はちょっとした公園か手入れの行き届いたオートキャンプ場の芝生エリアという例えがぴったりで、庭の隅には俊哉の子どものためか滑り台やブランコ、小さな砂場まである。

これが富裕層というものかと、自分の実家との違いにまた感嘆の溜息がもれてしまう。

最大の難関だと思っていた晃良の両親への挨拶は、バーベキューパーティーだったこともあり、あっさりと済ますことができた。

そもそも正嘉とは顔見知りだし、母の玲香《れいか》も愛想良く咲良を出迎えてくれて、晃良にからかわれるほど緊張で硬くなっていた咲良はホッと胸を撫で下ろした。

流れで桃園夫妻とも挨拶をし、俊哉の妻の苑子《そのこ》にも紹介してもらった。ショートボブへアの可愛らしいタイプの女性で、外でバリバリ働く俊哉を支える良妻という感じだ。

ふたりの子どもたち、瑠奈《るな》と俊介《しゅんすけ》は犬と一緒に庭を走り回っていて、絵に描いたように幸せな風景にみえる。

「しつ……晃良さんちってわんちゃんいたんですね」

「ああ、あれは桃園社長の犬、ていうか、文乃の犬だ。あいつ実家出ているから、社長が文乃に会わせるために連れてきたんだろ」

「そうなの。でも子どもたちも楽しそうだから、うちでもわんちゃんを飼おうかって主人と話しているところなのよ」

苑子が晃良の言葉を引き取って微笑んだ。

「咲良さんは、動物はなにか飼われた経験はある？」

「えーと、母が猫派なので実家には猫がいます。私もわんちゃん飼ってみたいなって憧れているんですけど、仕事で部屋にいない時間の方が長いので難しいですね」

「あら、じゃあうちで飼えば、いつでも会いに来られるじゃない」

「え？　あ、はい」

いつでも遊びに来て欲しいという苑子の優しさだと思うが、彼氏の実家を、しかも社長の家を頻繁に訪ねるのはなかなかハードルが高い気がする。

「苑子さん、俺はなに手伝えばいい？」

羽織っていたジャケットを無造作に脱ぎ捨てた晃良が尋ねた。

「そうねぇ。俊哉さんとお義父さんが日よけのタープは張ってくれたから……今雪斗さんが炭をおこす準備をしてるから、手伝ってくれる？」

「了解。咲良はお客様だからゆっくりしてろ」

そう言い残すと、晃良は火おこしをする雪斗のほうに近づいていった。

晃良は気を使ってゆっくりしていろと言ってくれたのだろうが、アウェーにひとり置いていかれるぐらいなら、一緒に行こうと誘って欲しかったと思うのはわがままだろうか。

「あの、私もなにかお手伝いさせてください」

野菜を切るとか食器を運ぶとかいくらでもやることはあるはずだ。

「いいのよ、本当にゆっくりしてて。というか、うちのバーベキューは男性が働くことになってるの。お野菜とかお肉の用意はお手伝いさんがしてくれているし。準備が整うまで冷たい物でもいかが？」

苑子に勧められパラソル付きのガーデンテーブルに腰掛けたが、いつの間にか庭にいたはずの玲香と桃園夫人は部屋の中に避難していて、おしゃべりをしながら庭の様子を見守っている。どうやらそれが飯坂家のスタイルらしい。

晃良と雪斗が炭をおこすのを文乃が横で見守っていて、実の兄妹のようだと見つめていると苑子が冷たいお茶を運んできてくれた。

「バーナーが使えるグリルも用意しているんだけど、うちの男性陣はみんな炭火をやりたがるのよね。まあ人数が多いからグリルだけじゃ焼くのが追いつかないっていうのもあるんだけどね」

苑子がやれやれという顔をしたけれど、それが楽しそうで咲良も笑顔になった。

やがて肉の焼けるいい匂いがしてきて、庭で遊んでいた子どもたちもガーデンテーブルに駆け寄ってきた。

晃良と雪斗が火の番をして、俊哉がせっせと皆に焼けた肉や野菜を運んでいく。

苑子が子どもたちの世話をするのを手伝いながら、咲良はときおり晃良の姿を目で追っていた。

楽しそうに家族と笑い合う姿はとても新鮮で、なんとなく晃良と結婚したら自分もこの一員になるのかと想像してしまう。

まだピンとこないけれど、自分もこの光景に馴染《なじ》むようになるのだろうか。

そんな気持ちで晃良たちを見つめていると、三兄弟が甲斐甲斐《かいがい》しく文乃に声をかけていることに気づいた。

「文乃、ちゃんと食ってるか？」

「うん」

「文乃さん、お肉が焼けましたよ」

「ありがと」

「文乃、ちゃんと野菜も食べなくちゃダメだぞ」

「はーい」

――姫だ、姫がいる。

三人が文乃のお皿を覗いては肉を追加したり、声をかけていくのを見て、思わずそう思ってしまった。

たぶん文乃ひとり女の子だったとか、三兄弟と年が離れているからとか色々理由はあるのだろうが、文乃には世話をしてやりたくなるなにかがある気がした。

するとそれに気づいた苑子がクスクスと笑う。

「かわいいでしょ〜文乃ちゃん。飯坂家は男兄弟だけだから、ついついかまっちゃうみたいよ。私も実の妹みたいにかわいくって仕方がないの。俊哉さんなんて文乃ちゃんが赤ちゃんの頃からお世話してるから、うちの子が生まれたときも初めての子なのにとっても扱いが上手でね」

やはり三人の甲斐甲斐しさはそこからくるらしい。年の離れた妹がかわいくて仕方がない兄三人というところなのだろう。

「文乃ちゃんってとっても食いしん坊なの。食べてる姿がまたかわいいから皆せっせと食事のお世話をしちゃうのよね。実は私も今日は文乃ちゃんが好きなアイスクリームをお取り寄せしてあるの。早く美味しそうに食べる顔が見たいわ〜。さっさと雪斗くんと結婚しないかしら。そうしたら本当の妹になってあちこちお出かけして遊ぶのに。あ、もちろん咲良さんもね！　私一人っ子だから女の姉妹って憧れなの。今度文乃ちゃんも誘って、一緒にお買い物に行かない？」

どうやら文乃は苑子もすっかり虜にしてしまっているらしい。

苑子の話を聞いて、咲良はずっと気になっていたことを口にした。

「やっぱり雪斗さんと文乃さんって」

「うん。文乃ちゃんは今のところ嫌がってるみたいだけど、雪斗さんは昔から文乃ちゃんのことが一番だったみたいだし、今は部屋は別々だけど一緒のマンションに住んでいるし、時間の問題じゃないかしら」

確か晃良もパーティーのときにそんなことを言っていた気がする。文乃はひとり娘と聞いているから、雪斗が婿入りする形になるのだろうか。

ふたりで文乃の話をしていたからか、瑠奈と俊介が嬉《うれ》しそうに口を挟んできた。

「あのね、あとでふみのちゃんとマシュマロやくの」

「ぼく、バナナのむしやき。ふみのちゃんがおしえてくれたんだよ」

「そうよね。いつも文乃ちゃんが美味しい食べ方を教えてくれるのよね」

どうやら文乃は筋金入りの食いしん坊らしい。それにかなりの大食漢のようだが、あのスタイルからはそんなふうには見えなくて、咲良はうらやましくなってしまった。

やがて満腹になった子どもたちが再び庭にかけだしていくと、代わりに玲香が声をかけてきた。

「咲良さん、召しあがってる?」

そう言って咲良の向かい側に腰を下ろす。咲良はビクッと肩を震わせて背筋を伸ばした。

「はい! いただいてます!」

さっきまでそばにいた苑子はいつの間にかテーブルを離れていて、いきなり玲香とふたりきりになってしまう。

なにを話せばいいのだろうと緊張する咲良に、玲香はにっこりと笑いかけた。

「そう? 遠慮しないでね」

そう言うと晃良を振り返る。

「晃良、咲良さんのお皿が空になっているわよ」

「りょーかい」

晃良は大声で返事をして、すぐに料理が載った皿を運んできた。まだ玲香とふたりきりで話をするのが不安だった咲良はホッとしてしまう。

仕事でならいくらでも機転を利かせて話題を提供できるのに、相手が彼氏の母親だと思うと余計なことを言って嫌われてしまったらどうしようと考えてしまうのだ。

「お待たせ。悪いな。焼いた端から文乃が食うからさ」

「まったくもう。文乃ちゃんは雪斗に任せてあなたは自分の恋人の相手をしなさいな。咲良さん、お客様なのにさっきからずっと子どもたちのお世話をしてくれているのよ」

「はいはい」

晃良はおざなりに頷いて、咲良の皿に料理を取り分けた。

「あ、そうだ。俺通勤が大変だから近いうちに都内のマンションに移るわ」

晃良はさらりと口にしたが、玲香は寝耳に水だったようで、驚きに目を丸くする。

「そうなの？　でも俊哉もお父さんも通ってるじゃない」

「あのふたりは運転手付きだろ。母さんにはわからないと思うけど、都内に電車で通うのって大変なんだぜ」

晃良の言う通り横浜エリアから都心に通じる路線の朝はかなり混んでいる。もともと自宅から近い横浜勤務だった晃良にはなかなか辛いはずだ。

「それでさ、ちょうどいいから咲良と一緒に住もうと思って」

「ええっ⁉」

晃良の言葉に驚きの声をあげたのは玲香ではなく咲良だ。

確かに一緒に住もうとは誘われていたけれど、前振りというかこちらの心の準備もなく話をされるとは思わなかったので、思わず声をあげてしまった。

しかも玲香とは挨拶以外まだろくに会話も交わしていないのに、タイミングが悪すぎる。もう少し親睦を深めてから切り出して欲しかったところだ。

玲香もそう思ったのだろう。不安げな眼差しで咲良を見つめる。思わず玲香と見つめあったところで文乃が晃良を呼ぶ声がした。

「晃兄！　お肉焼けたよ〜！」

「おう。今行く！」

晃良はこの微妙な空気に気づかないのか、文乃に軽く手をあげると、サッと身を翻して、グリルの方へと戻っていってしまった。

――ええっ⁉　この状況でお母様とふたりで置き去りにするの？

もちろんそんな心の叫びが晃良に届くはずもなく、咲良は晃良の後ろ姿を呆然《ぼうぜん》と見送る。

すると咲良が途方に暮れていることに気づいた玲香が、クスクスと笑いを漏らした。

「まったく、子どもみたいでしょう？」

呆《あき》れたような口調だが、そこに含まれた笑いに咲良はほんの少しホッとする。

「晃良って会社でもあんな感じなの？　突飛というか衝動的に思ったことをすぐ口にするのは昔から変わらないのよね」

「……そうなんですか？」

言われてみれば、咲良が思いつかないようなことをさらりと口にするところはある。でも仕事の上で衝動的になにかを口にすることはなかったから、少し不思議な感じだ。

「子どもの頃からやんちゃでね、いたずらばっかりして、いつも俊哉に怒られていたわ。末っ子の雪斗なんか小さい頃はいつも意地悪をされてたから、晃良の一番の被害者なのよ」

玲香はなにかを思いだしたのかふふふっと小さな笑いを漏らす。

「でもね、本当は皆が期待している自分を演じようとするところもあるのよね。晃良はやんちゃだ、いたずらっ子だって言われるから、もっとそういう自分を見せようと頑張ってしまうの。三兄弟の真ん中ってどうしても上と下に挟まれて目立たなくなってしまうから、今思えば一生懸命アピールしてたのよね」

晃良のコミュニケーション能力が高いのは、そういう経験があるからかもしれない。学生時代をよく知っている藤原に聞いたら、もっとそんなエピソードが出てきそうだ。

「だからね、突然あんなことを言い出してあなたをギョッとさせるなんて、子どもの頃から変わってないなぁって思って思わず笑ってしまったの」

どうやら咲良がギョッとしていたことに気づかれていたらしい。

「でも、なんだかわかる気がします。室長……いえ、晃良さんは会社でもそういう感じです。みんながどうして欲しいと思っているのかを考えて、一番いい方法を提案してくれるんです。おかげで秘書室はとっても仕事がしやすくて、ずっとお仕事をしたいなって思えるんです」

思わず力説すると玲香が優しく微笑んだ。

「ありがとう。ちゃんと頑張ってくれているところを見ていてくれる人がいるならあの子も幸せね。咲良さんが素敵な人で安心したわ。あんな息子だけどこれからもよろしくね。わがままなところもあるから、嫌なことがあったらいつでも言い付けに来て」

そういうと、玲香はテーブル越しに手を伸ばして咲良の手を握りしめる。その手の温かさに、咲良はその日一番の、心からの笑みを浮かべることができた。

　無事に飯坂家のバーベキューパーティー、そして晃良の母との初対面を終え咲良のマンションに戻ってきた頃には外はすっかり暗くなっていた。

「あー疲れた！」

　一日火の番を頑張った晃良は、ソファーに腰掛けて大きく伸びをした。

「咲良。あんまりかまってやれなかったけど、ちゃんと食べられたか？」

「もちろん。しつ……晃良さんに放っておかれた間に苑子さんやお母様がお相手してくれましたし、瑠奈ちゃんや俊介くんがデザートも食べさせてくれましたから」

「あ。なんか棘《とげ》のある答え」

　晃良の言葉に、咲良はわざとぷうっと頬を膨らませて見せた。

「だって晃良さん私のこと放置だったじゃないですか！　俺が一緒だから大丈夫だって言ったくせに、全然一緒じゃなかったし！」

「悪かったって。苑子さんとかチビたちと楽しくやってたみたいだから、大丈夫かなって思ってたんだよ」

　一応は咲良がどうしているかは気にしてくれていたようだが、もう少しそばにいて欲しかったと思うのはわがままなのだろうか。

「それで？　俺と結婚するのは嫌になった？」

唐突にそう問われてドキリとする。今の話の流れで出てくる言葉ではない。

「ど、どうしていきなりそんな話になるんですか？」

「だって、咲良が俺の家族と会って、やっぱり嫌だって思う可能性もあるだろ。うちの家族のこと、少しは好きになれた？」

そんなことを思うなんておこがましい。そもそも身分差というか、経済格差を見せつけられて、こちらの方が飯坂家に相応しくないのではないかと心配するところだ。

「しっ……晃良さん、本当に私と……その、け……結婚するつもりなんですか？」

何度かそのことは話題になっているが、まだ付き合い始めて短いし、晃良が本気なのか不安になるのだ。

「今さらな質問だな。もういい加減俺の気持ちが伝わってると思うんだけど」

「しっ……晃良さんの気持ちは信じてます。でも、私あんなすごいおうちのお嫁さんになる自信ないです」

今日晃良の家を訪ねてからずっと感じていた不安をつい口にしてしまう。すると晃良が小さく息を吐き出し、咲良の手を握りしめた。

「あのさ、おまえはうちの実家の嫁になるんじゃなくて、俺の嫁、俺の奥さんになるんだよ」

「……」

「俺の最愛の奥さんになるって考えてみて」

それは……かなり嬉しい。〝最愛の〟というところが特に。思わず咲良の唇が緩んだのを見て、晃良がさらに言葉をつづける。

「それにさ、わかってると思うけどうちを継ぐのは兄貴だぞ。雪斗は桃園の養子に入るだろうから、しがない会社員の俺と結婚するならおまえが一番貧乏クジかもしれないな。それでもいいのか？」

「私、そういうことを考えて室長とお付き合いしてるわけじゃありませんよ」

「わかってる」

晃良は咲良の腰に手を回すと、そのまま抱きあげて膝の上で横抱きに座らせる。もうすっかり馴染んだ晃良の体温を感じて、咲良は広い胸にこてんと頭をもたせかけた。

「今日はもう……いろいろお腹いっぱいです」

「うん。お疲れさま」

身体に回された腕の力が強くなり、ギュウッと抱きしめられるとなんとも言えない満たされた気持ちになる。すーっと瞼《まぶた》が重くなった気がして、咲良が目を閉じたときだった。

「ところでさ、咲良、今室長って呼んだぞ」

先ほどまでの甘い声とは打って変わって、冷静な晃良の指摘に、咲良はギョッとして顔を上げた。

「えっ？　うそ」

「ていうか、今日は何度も言い間違えそうになってたから、いい加減ペナルティだろって思ってたんだよな。でも今ので完全にアウトだ」

「で、でももう晃良さんの家じゃないし」

「だめ。アウト。さて、今日はなにをしてもらおうかな～。そうだ、一緒に風呂に入って背中でも流してもらおうかな。いつもおまえ一緒に風呂入るの嫌がるし。よし！　風呂沸かそう」

咲良を膝から下ろし立ちあがった晃良を、一足遅れて追いかける。

「そ、それはまた今度にしませんか？　ほらうちのお風呂ってそんなに広くないし」

いくらバストイレが別とはいえ一人暮らし用のマンションのバスルームにふたりで入るのはかなり厳しい。いつもそう言って晃良の誘いを誤魔化してきたのだ。

バスタブをシャワーで洗い流している晃良の腕を慌てて引っぱった。

「ダメですってば！　私絶対一緒に入りませんよ！」

「つーかまえた」

「え……きゃっ！」

振り返った晃良にシャワーのお湯を思い切りかけられる。

半袖のブラウスシャツがぐっしょりと濡《ぬ》れて胸に貼りつく。うっすらと下着のレースの輪郭がわかるほど濡れてしまっていた。

「わざとですよね！」

気色ばんだ咲良を見て晃良はしてやったりの顔だ。

「これはもう脱ぐしかないなぁ」

「もしかして私が追いかけてくるのを待ってた？」

「そう。俺の作戦勝ち」

晃良がニヤリと口の端を吊《つ》り上げる。咲良に出来ることといえばブラウスのボタンを外そうと伸びてきた晃良の腕を叩《たた》くぐらいだった。

「もうっ！」

「ほら、もう観念しろって」

晃良に手首を摑《つか》まれ、あっという間に胸の中に引き寄せられる。

「暴れるなって。咲良が本気で嫌がることなんてしたことないだろ」

そう言われてしまうとその通りなのだが、また晃良の思い通りになるのは少し悔しい。しかし反論しようとした唇は深いキスで塞がれてしまい、それ以上言い返すことはできなくなってしまった。

なんだかんだと強引な晃良が嫌いではないから困る。ついこうして流されてしまうのだ。

「咲良、すっごく好き」

そんなふうに囁《ささや》かれたら、もうこれ以上抵抗できなくなってしまう。

ふと昼に聞いた玲香の言葉を思い出し、恥ずかしくなる。もしかしたら咲良自身がこうして強引にされることを望んでいて、晃良はそれに気づいて期待に応えているとしたら？

自分の考えに真っ赤になった咲良を見て、晃良は唇に満足げな笑みを浮かべる。

「あ。なんかスイッチ入っちゃった？　いい顔になってきた」

「ち、違います！」

もちろんそんな些細《ささい》な抵抗など晃良に通用するはずもなく、そのままバスルームに引き込まれてしまったのだった。


結局バスタブにお湯を溜める余裕などなく、濡れた衣服をどうやって脱いだのかも覚えていない。気づくとバスルームいっぱいに籠もった熱気で頬も身体もすべてが熱くなっていた。

「はぁ……っ」

咲良が思わず漏らした吐息に答えるように、背後から晃良の大きな手が柔らかな胸の膨らみをすくい上げ、乱暴に揉《も》みしだく。

「はぁ、ン……」

長い指が先端の尖《とが》りを捉えて、さらに強い力で摘まんで捏《こ》ね回すので、咲良はバスルーム中に響く嬌声《きょうせい》を上げてしまう。

「あぁっ……や、ん……だめ……」

「ホントはダメじゃないくせに。もう乳首がビンビンだ」

「や、いわな、いで……」

何度経験しても、耳元でいやらしい言葉を囁かれるのには慣れない。

「どうして？　俺は身体を洗ってあげてるだけなのに、勝手に感じてるのは咲良だろ？」

晃良はそう言いながら指で乳首をキュッと抓《つね》る。

「ひぁっ、ン！」

「ほら。感じてる」

自分の触り方がいやらしいことを棚に上げてそんなことを囁く。咲良は首を捻って恥ずかしさと熱気で赤くなった顔を晃良に向けた。

「も……触らないで！」

晃良に触れられると簡単に昂《たかぶ》ってしまう身体が恥ずかしくて、その手から逃れようともがいたけれど、羽交い締めにされてしまい背中に晃良の素肌が押しつけられる。

「放してってば……！　自分でできるから」

「自分でできるのは知ってる。俺がやりたいんだから大人しくしてろ」

それならそんな意地悪なことばかり言わないで欲しい。思わず涙目で睨《にら》みつけると、晃良が苦笑いを浮かべた。

「そんなにコワイ顔するなって。ほら、おいで」

晃良はそう言うと咲良の身体を抱いたままバスタブに腰掛け、足を大きく開かせる。つま先が床につくかつかないかという不安定な体勢に気づいた晃良が、咲良の身体を揺すり上げた。

「危ないから暴れるなよ」

そう囁いてから咲良の身体を撫で下ろし、足の間へと手を滑らせる。

「あ……」

晃良の指がぬるりと滑るのを感じて、カッと頭に血が上る。またなにか囁かれると思ったけれど、晃良は意外にもなにも言わず蜜を指に纏《まと》わせるようにして指を擦りつけた。

「んっ」

媚肉の隙間を押すように撫でられ、長い指が足の間に滑り込む。指先で濡れ襞《ひだ》を掻《か》き分けるように愛撫されて、その刺激に細腰がブルリと震えた。

「ん、んんっ……」

いつもより声が響いてしまうのが恥ずかしくて唇を噛《か》んだけれど、すぐに一番感じてしまう花芯を指で擦られて、甘ったるい声を漏らしてしまった。

「あっ、ん……はぁっ……」

小さな粒を何度も擦られ、ときおり指で押し潰される。そのたびに蜜孔の奥がキュウッと収斂《しゅうれん》して、切なくてたまらなくなった。

「んっ、はぁ……ん、や、んんっ！」

「嫌じゃなくて、気持ちいいって言えよ」

晃良が耳朶《みみたぶ》に唇を押しつけ、片手で咲良を抱きすくめる。それだけで身体がビクビクと痙攣《けいれん》してしまい、恥ずかしくてたまらない。

「咲良が気持ちよくないと、俺も気持ちよくなれない」

耳孔に息を吹き込みながら囁くと、晃良の指の動きが激しくなった。

「あっ、あっ、や、そこばっかり、しない、で……ん、んっ」

花芯を激しく捏ね回され、蜜孔からとろりとしたものが溢《あふ》れ出すのがわかる。恥ずかしさに足を閉じようとしたが、それに気づいた晃良が溢れた蜜をすくい上げてそれを花芯になすりつけた。

「ひ、ぁ……も、もぉ……ダメ、ん、んぅ……っ」

バスルームにお湯ではない粘着質な水音が響いて、泣き出してしまいそうなほど恥ずかしい。それなのに身体の奥からは眩暈《めまい》がしそうなほど甘い愉悦がこみ上げて、どうすればいいのかわからなくなる。

晃良に触れられるといつもそうで、最後はなにも考えられなくなって達してしまうのだった。

咲良の花芯を強く刺激しながら、晃良が舌先を耳孔へと這《は》わせる。熱く濡れた舌の刺激と下肢への愛撫を同時にされて、腰が抜けそうなほどの快感が咲良の身体を支配していく。

「後ろから挿れて欲しい？　それとも咲良が上にのる？」

答えられるはずもない問いに、咲良は辛うじて小さく首を横に振る。どちらも恥ずかしい体勢なのは変わらない、究極の二択だ。ベッドの上でならどちらの体勢も経験があるけれど、ここで後ろからということは立ったままでするということだろうか。

「や……後ろは、いや。怖い、から」

半ば逆上せた顔で再び首を横に振ると晃良が愛撫の手を止めた、そのまま咲良と一緒に立ちあがる。

なにをされるかわからずにぼんやりとしていると、そのまま身体をバスルームの壁に押しつけられた。

「あ」

頬や胸に触れた壁の感触はひやりとしていて火照った身体に気持ちいい。一瞬そんなことを考えていた咲良が晃良のしようとしていることに気づいたときにはもう遅く、お尻を突き出すように腰を引き寄せられていた。

「や、これはいや……」

嫌だと言った方をわざと選ぶのは天邪鬼な晃良らしいが、今はそれを許容できるほど心に余裕がない。考えている間にも濡れそぼった蜜口に雄の先端が押しつけられていて、咲良が抵抗するよりも早く一気に蜜孔に押し入ってくる。

「ひぁっ……！　やぁ……ん……」

まだ馴らされていない膣洞は圧迫感はあるものの、簡単に雄竿を飲み込んでしまう。お腹の深いところまで肉竿で貫かれて、咲良は冷たい壁に頬を押しつけたまま甘い吐息を漏らすことしかできなかった。

「はぁっ……ん」

「……大丈夫、か？」

無理に背後から挿入したくせに、その声は不安そうだ。咲良が怒ったと思っているのだろう。愉悦に震えてすぐに声が出てこない咲良は、返事の代わりに頷いて見せた。

すると晃良は壁についた咲良の手に自分の手を重ね、そのまま壁に押しつけるようにして律動を始めた。

「あっ……んっ、あ、あぁ……っ、ん……」

まだ解れていない隘路《あいろ》を広げるように、律動と共に腰が押し回される。こんなふうに自由を奪われて突き回されるのは不安でたまらないと思うのに、彼に支配されているという甘い愉悦も感じてしまう。

「んぅ、あぁ、んぅ……はぁ……っ」

晃良の下で甘い嬌声を上げる咲良のすぐそばで晃良の弾んだ息遣いが聞こえる。

何度も激しく後ろから突き回され、もう意識は快感を追うことしか考えられない。先ほど中途半端に終わってしまった昂りが再び蘇《よみがえ》ってきて、今にも弾けてしまいそうなほど咲良の中で大きくなっていた。

「まだ、怖い……？」

嬌声を上げ続ける咲良の耳元で掠《かす》れた声が響く。

早くこの甘く苦しい快感から解放されたいという気持ちと、いつまでもこうして晃良と繋《つな》がっていたいという気持ちが交差して、いつの間にか不安など消えてしまっていた。

「あ、あぁ……きもち、いい……から……っ」

だからイカせてほしい。言葉にしなかった咲良の気持ちを読んだように、晃良の律動が激しくなった。

より一層身体を壁に押しつけられ自由を奪われる。激しく最奥を突き上げられ、咲良の中で堪えきれなくなった熱が勢いよく弾けた。

「あっ、あっ、ああああっ！」

断続的な、一際高い声がバスルームに響きわたる。咲良が足をガクガクと震わせて快感に耐えるのを追うように雄芯が隘路から引きずり出され、次の瞬間腰に熱い体液が迸《ほとばし》った。

目が眩むような刺激に咲良の足から力が抜けがくりと膝を折る。晃良が手を伸ばして支えてくれなければそのまま床に倒れ込んでいただろう。

目を閉じると、荒い呼吸をくり返す晃良の息遣いが耳元で聞こえる。咲良は彼の腕の中にいれば安全だと思いながら腰に回された腕に自分の手を重ねた。

翌朝、いつもの朝以上にだるい身体をもてあまして、いつまでも重い瞼を上げることができない。身体のあちこちが痛くて寝返りを打った時、ふと左手の違和感に気づき、ゆっくりと瞼を上げた咲良は薬指に光るものを見て飛び起きた。

「しつ……じゃなくて晃良さん‼　起きてっ‼」

隣で眠っていた晃良の身体を力任せに揺さぶった。

「う、ん……」

うるさげに顔を顰《しか》められ、そのまま背中を向けられてしまう。

「晃良さんっ！　起きてってば!!」

もう一度呼びかけると、やっと晃良が気だるげに瞼を上げた。

「……おまえ朝から元気すぎ……もうちょっと寝かせてよ」

そう言って腕を伸ばしてくる晃良の手を避けて、咲良は彼の目の前に左手を突き出す。

そこには大きなダイヤモンドがついた指輪が光っていた。

「これ！　晃良さんですよね？」

この部屋にふたりきりなのだから晃良以外有り得ないのに確認してしまう。

「ああ、気に入った？」

晃良は枕を脇に抱えるようにして片肘を突いた。唇には楽しげな笑みが浮かんでいて、咲良の反応を面白がっているようだ。

「気に入ったというか、これって……やっぱりアレですよね……？」

昨夜の話の流れからすれば確認するまでもないのだが、〝婚約指輪〟とはっきり口にするのはなんだか恥ずかしくて曖昧に尋ねると、晃良が笑みを深くした。

「なんだよ、アレって。俺が咲良に贈るんだから婚約指輪に決まってるだろ。とりあえず早く一緒に住みたいけど、ダラダラ同棲《どうせい》するつもりはないから。本当は昨日の夜渡すつもりだったけど、俺たちそんな余裕なかっただろ？」

晃良はニヤリと笑うと咲良の左手を引き寄せ、薬指の付け根に口付けた。

「山口咲良さん、俺と結婚してください」

交際を申し込まれたときも、こうやって改まった口調で言われたのを思いだす。あの時嬉しさと不安が入り交じって舞い上がってしまったが、今はあの時よりもさらに胸が高鳴ってしまいすぐには言葉が見つからなかった。

「……咲良？」

なかなか口を開かない咲良に、晃良の声に不安が滲《にじ》む。

「おい、言っておくけど返品は認めないからな？」

その言葉で咲良は我に返り慌てて首を横に振った。

「へ、返品なんてするわけないじゃないですか！　あ、ありがとうございます」

上擦った咲良の言葉に、晃良が安堵《あんど》の溜息を漏らした。

「一瞬断られるのかと思った……」

「断るはずないです。ただ……晃良さんのすることっていつも自分が映画とか小説の主人公になったみたいな気分になるから、本当に現実なのかなって、これは夢なんじゃないかって確認したくなっちゃうんです」

「可愛いやつ」

晃良はそう言うと首を伸ばして咲良の唇にチュッと音を立ててキスをした。

「ど？　現実だって実感できた？」

「うん」

朝から糖度の高い晃良の言葉はいつまでたっても慣れることはないし相変わらずドキドキしてしまうけれど、幸せすぎて胸がいっぱいになる。

「でも、普通に渡してくれたら慌てて晃良さんを起こすこともなかったのに」

眠っている間に指輪をはめるなんて、やっぱり映画のワンシーンみたいだ。

「だって、咲良こういうの好きだろ」

さらりと言われた言葉に、咲良は恥ずかしさに頬が熱くなる。

ロマンス映画が好きなことはすでにカミングアウトしているので、わざわざ咲良が好きそうなシチュエーションを考えてくれたらしい。

この人はどこまで自分の心を惹《ひ》きつければ気が済むのだろう。晃良はそんなつもりなどないとわかっているが、咲良を夢中にさせるコツというかツボを押さえている。

女の子が子どもの頃一度は夢見る、もしかして自分にも王子様が……という気持ちを蘇らせてくれるのだ。晃良と一緒なら、自分もロマンス映画の主人公になれる、そう思わせてくれるのだ。

永遠に解けることのない魔法にかかっているみたいだと言ったら晃良は笑うだろう。それでもこの胸が膨らむような気持ちを晃良に伝えたくなって、気づくと晃良の上に覆い被さるようにして抱きついた。

「わっ！」

「晃良さん、大好き」

晃良の叫び声に被せるように言うと、すぐに笑いを含んだ声が返ってきた。

「なに？　今日は大胆じゃん」

その声には、いつもよりはっきり喜びを表した咲良に嬉しそうな色が滲んでいる。

「そうですよ。私が大胆になるのは晃良さんにだけですから、ちゃんと受け止めてくださいね。晃良さんの……奥さんになるんですから」

咲良はそう言うと晃良の首に顔を埋めるようにしてぎゅーっと抱きついた。

あとがき

水城のあです。お久しぶりの蜜夢文庫さん、お楽しみいただけましたでしょうか。

今回のお話、お気づきの方もいらっしゃるかもしれませんが、蜜夢文庫さんの前作「幼なじみの上司に24時間監視されています」のヒーロー雪斗の兄のお話になります。

前作を書いているときから晃良の話を別で書きたいな～と思っていたので、機会をいただけたことに感謝！　そして読者様にお届けできて嬉しい気持ちでいっぱいです。

雪斗をご存じの方なら……晃良が常識的な好青年に見えると思います（笑）

読者様からキモい！　ヤバイ！　と言われる変態ヒーローでして……え？　雪斗ってどんな奴？　って思われた方は是非そちらもお手にとっていただけたら！　と宣伝。

もちろん前作を読んだことがなくても本作をお楽しみいただけますのでご安心くださいませ。

本作の話がほとんどできていないですが……通常営業の溺愛もので、オフィスもので、あ、ちょっとお仕事もしてます（笑）

イラストは前作、電子版に引きつづきyuiNa先生に描いていただきました。晃良がさ〜もう色っぽいんですよ。チャラいお坊ちゃまの晃良のダダ漏れの色気をお楽しみくださいね。

yuiNa先生、素敵な表紙と挿絵をありがとうございました。

編集N様、このたびもお世話になりました。今回も素敵な作品になるようご尽力いただきありがとうございました！

最後になってしまいましたが読者の皆様。いつも応援ありがとうございます。

今回偶然初めて手に取ったよ！　という方も、この機会に水城のあってどんな話を書くのだろうと興味を持っていただけたら嬉しいです。

これからも少しずつ活動を続けていけたらと思っていますので、気長に次作をお待ちいただけたら嬉しいです。

水城のあ

本書は、電子書籍レーベル「らぶドロップス」より発売された電子書籍『秘書室長の専属恋人　イケメン御曹司は初心な彼女にご執心です』を元に、加筆・修正したものです。

★著者・イラストレーターへのファンレターやプレゼントにつきまして★
著者・イラストレーターへのファンレターやプレゼントは、下記の住所にお送りください。いただいたお手紙やプレゼントは、できるだけ早く著作者にお送りしておりますが、状況によって時間が掛かる場合があります。生ものや賞味期限の短い食べ物をご送付いただきますと著者様にお届けできない場合がございますので、何卒ご理解ください。

送り先
〒160-0022　東京都新宿区新宿 1-36-2　新宿第七葉山ビル 3F
（株）パブリッシングリンク　蜜夢文庫 編集部
○○（著者・イラストレーターのお名前）様

秘書室長の専属恋人
イケメン御曹司は初心な彼女にご執心です

２０２４年３月１８日　初版第一刷発行

著……水城のあ
画……yuiNa
編集……株式会社パブリッシングリンク
ブックデザイン……おおの蛍
（ムシカゴグラフィクス）
本文ＤＴＰ……ＩＤＲ

発行……株式会社竹書房
〒102-0075　東京都千代田区三番町８－１
三番町東急ビル６Ｆ
email：info@takeshobo.co.jp
https://www.takeshobo.co.jp
印刷・製本……中央精版印刷株式会社

■本書掲載の写真、イラスト、記事の無断転載を禁じます。
■落丁・乱丁があった場合は、furyo@takeshobo.co.jp までメールにてお問い合わせください
■本書は品質保持のため、予告なく変更や訂正を加える場合があります。
■定価はカバーに表示してあります。
© Noa Mizuki 2024
Printed in JAPAN